El silencio del asesino

Cubierta y diseño editorial: Éride, Diseño Gráfico
Dirección editorial: Sylvia Martínez

Primera edición: junio, 2015

El silencio del asesino

Collado Bajo, 13
28053 Madrid

éride ediciones

ISBN: 978-84-16321-75-9
Depósito Legal: M-18450-2015
Diseño y preimpresión: Éride, Diseño Gráfico
Imprime: Safekat, S.L.

Javier Aparicio Moliné

El silencio del asesino

éride ediciones

Capítulo 1

El timbre del teléfono me despertó. Sobresaltado comprobé la hora en el despertador de la mesilla. Las seis y media de la mañana. Llevaba durmiendo apenas dos horas. El corazón me latía acelerado, como si presumiese una mala noticia. La cabeza me pesaba demasiado, como si sospechase el comienzo de una resaca inclemente. En la oscuridad, tanteé en busca del móvil hasta que lo apresé, no sin antes derribar la botella vacía de champán, que cayó con un ruido sordo sobre la alfombra. Encendí la lámpara de la mesilla y la giré de modo que el haz de luz enfocara a la pared. A mi lado, Mireya seguía durmiendo con la melena rubia desplegada sobre su rostro. Su vestido negro se encontraba arrugado a los pies de la cama; mi ropa se encontraba desperdigada por el dormitorio. Pulsé la tecla de contestar, y esperé.

—Soy O'Blanca. Tenemos que hablar —escuché medio dormido la voz grave del inspector de homicidios Saúl O'Blanca.

—Joder, O'Blanca, es año nuevo, ¿tú no duermes nunca o qué? —protesté en un susurro mientras escapaba del calor de la cama y salía del dormitorio dando tumbos como un sonámbulo.

—Vístete. Pasaré a recogerte en media hora —me anunció escueto el inspector.

—O'Blanca, no estoy para bromas; son casi las siete de la mañana y pensaba dormir la mona hasta las cinco de la tarde por lo menos —le respondí mientras me dirigía al baño en busca de unas aspirinas.

—Aquí hay una persona que está detenida por asesinato y te necesita. Déjate de mierdas —zanjó abrupto O'Blanca mis argumentos.

Por el tono y el apremio empleado por el inspector de policía, presumí de quién se trataba y sentí un violento mareo. Me agarré al lavabo para evitar caer desplomado. Una arcada con sabor a champán me subió hasta la garganta.

Capítulo 2

Puntual, el inspector O'Blanca me aguardaba guarecido en su coche gris de funcionario. Abrí la puerta y me dejé caer en el asiento. Una ducha de agua helada, dos aspirinas y un antiácido de desayuno y la noticia de la detención transmitida por el policía me habían desalojado sin miramientos la resaca. O´Blanca destapó un termo con café, llenó un vaso, agregó un chorro de coñac de una petaca plateada y me lo entregó en silencio. Luego encendió dos cigarrillos sin filtro, me obsequió con uno, arrancó el coche y nos marchamos sin decir nada al Grupo de Homicidios. Hacía media vida que nos conocíamos. No era el momento de hablar. Media hora más tarde llegamos a su despacho. Aparté unas carpetas y me dejé caer en un apolillado sofá marrón. Decliné otro cigarrillo de O'Blanca y me encendí uno de los míos, bajo en nicotina, por eso de no contrariar excesivamente a mi médico de cabecera. O'Blanca se sentó en su vetusto sillón giratorio, expulsó a borbotones el humo de su cigarro, que salió disparado como el vapor de una locomotora, abrió una carpeta amarilla que estaba sobre el escritorio, repasó su contenido y me la entregó con gesto preocupado.

—Lázaro Gaviria. Muerto a martillazos en su lujoso ático.

Repasé los primeros informes y observé alguna de las fotografías. Un martillo con restos de sangre y algunos cabellos castaños adheridos al mismo. El fallecido se encontraba en el suelo, con el cráneo destrozado, y con un solo zapato. Una lámpara de mesa derribada y los restos de un jarrón de cristal, esparcidos sobre una costosa alfombra con varias manchas oscuras en la alfombra, probablemente de sangre del muerto. No necesitaba ver más. Aplasté el cigarrillo en un deprimente cenicero de hojalata, cerré los ojos, me recliné en el sofá, devolví la carpeta al inspector y le agradecí la infracción cometida, pues de no ser la persona detenida quien era, jamás el policía hubiera realizado tal acto. Aunque nuestra amistad perduraba desde la universidad, ninguno de los dos olvidaba que O'Blanca era policía y yo abogado, y cuando nuestros caminos profesionales se cruzaban, lo que ya nos había ocurrido varias veces, cada uno miraba por sus intereses.

—Saúl —dije, llamándole por su nombre de pila, lo que rara vez hacía—, ya sé que debo esperar, pero…

—No te preocupes. Te dejaré a solas para que os entrevistéis antes de que preste declaración. Aquí mando yo —me dijo, mientras me daba una palmada en el brazo y salía del despacho para ordenar que subieran de los calabozos a la persona detenida.

Capítulo 3

Arquímedes Cienfuegos saludó a varios internos que charlaban a la espera de sus letrados y entró con paso decidido en uno de los locutorios para hablar conmigo. Arquímedes es mi cliente. Cubano, entre blanco y mulato, nacido en Trinidad, treinta y dos años, medía cerca de dos metros y debía pesar ciento veinte kilos. La camiseta blanca sin mangas que vestía parecía a punto de resquebrajarse por las costuras de los costados. En su brazo derecho observé tatuado un guante de boxeo. En su gruesa muñeca izquierda llevaba un reloj de oro de tamaño XXL, que hubiera servido para adornar el salón de mi casa. Una cadena, también de oro, con la que podría sujetarse el ancla de un barco, adornaba su cuello de toro. En tres de sus grandes dedos de la mano derecha portaba anillos de oro de tal grosor, que si los fundía podría llenar una coctelera. Parecía el escaparate andante de una joyería. Mientras tomaba asiento, no pude dejar pensar que si durante las sesiones del juicio que comenzarían en unos meses los miembros del jurado se entretenían en estudiar sus manos, enormes, como dos palas, presumirían, no sin cierta razón, que Arquímedes descuartizó con ellas a Apuleyo Valdés, triturando sus huesos como si fueran migas de pan. De hecho, del cuerpo de Valdés solamente apareció, en un contenedor de basura, su cabeza, sus brazos y sus piernas. Dos empleados de la limpieza, que vaciaban de madrugada el contenedor, encontraron lo que quedaba del muerto, y lo sacaron entre risas pensando que se trataba de un muñeco. Cuando comprobaron despavoridos que no lo era, dejaron esparcidos sobre la acera los restos de Apuleyo Valdés y avisaron a la policía, que llegó en media hora, aprestándose a acordonar el perímetro. Tras ellos, aparecieron los agentes de la policía científica y el inspector O'Blanca, acompañado de su equipo habitual. La jueza de guardia, acompañada del secretario judicial, llegó cuatro horas después, intercambió en voz baja unas palabras con el inspector y, tras echar un rápido vistazo, ordenó el levantamiento de lo que quedaba del cadáver y se marchó a su casa, aún destemplada por el sueño interrumpido.

Cuando Arquímedes Cienfuegos fue detenido, acusado del asesinato de Apuleyo Valdés, de ello hacía ya un año, el inspector O'Blanca fue contundente en el pronóstico que emitió entre el primer y el segundo plato de nuestra comida mensual que estábamos degustando en un restaurante tailandés cercano a la comisaría, mientras en las dependencias policiales tramitaban el papeleo del detenido a la espera de que el inspector se personara para estar presente en su declaración.

—Fue él. Hay indicios más que suficientes para que pase una larga temporada a la sombra. Me apuesto las comidas de todo un año.

Me disponía a responder a mi amigo que yo no apostaba en los asuntos ajenos, cuando sonó el timbre de mi teléfono móvil. Eva Zapico, mi secretaria, me avisaba diligente de la llegada al despacho de una cliente inesperada. Me dijo su nombre, le agradecí la llamada y le informé que en veinte minutos estaría de vuelta.

—O'Blanca, retrasa por favor una hora al menos la declaración de ese tipo. La hermana de Arquímedes Cienfuegos se encuentra en mi despacho. Quiere que asuma su defensa —le anuncié, mientras sacaba un cigarrillo del paquete y lo volvía a guardar contrariado al recordar la prohibición de contaminar con humo los locales públicos.

El policía hizo una llamada y luego me confirmó que se posponía la declaración hasta que yo apareciera por la comisaría.

—Pero no te retrases, que ya sabes que luego hay que hacer todo el papeleo para el juzgado.

—No te preocupes. En una hora estaré allí.

Y así fue como acepté primero la apuesta realizada por mi amigo y más tarde la defensa del sospechoso cubano encargada por su hermana.

Capítulo 4

Graciela Cienfuegos, la hermana de Arquímedes, me aguardaba aquel día sentada en el sofá de mi despacho, leyendo distraída una aburrida revista jurídica. Cuando entré, se puso en pie, me saludó y me entregó precipitada un sobre blanco. Me senté en mi sillón, eché una ojeada a su contenido y calculé mentalmente que con la suma reseñada en el cheque podría marcharme de vacaciones un par de meses a Bora-Bora y regresar con la mitad del dinero sin tocar. Luego estudié con detenimiento a la visitante, representándome el alto número de pretendientes que su equilibrada belleza habría provocado desde siempre. Elegante, pero sin excesos, llevaba un vestido rojo sin mangas que descendía hasta la mitad de sus largas piernas, mostrando de forma calculada su hermosa piel trigueña. Tocada con una pamela blanca, que la protegía del insoportable sol de agosto, se movía de forma grácil sobre unas sandalias blancas de vertiginosos y afilados tacones. Al cuello, lucía un fino collar de oro con la imagen de la Virgen de la Caridad del Cobre. No llevaba anillos, pero sí dos pulseras de oro a juego con sus pendientes.

—Es solo un adelanto —me anunció tras volver a sentarse—. Saque libre a mi hermano y le pagaré tres veces más.

Aunque el asunto no tenía buena pinta, la hermana del detenido lo hacía parecer más atractivo. Y los elevados honorarios, qué duda cabe, incrementaban notablemente mi interés en el caso.

Graciela Cienfuegos, sin pedirme permiso, aunque debió presumir mi aquiescencia al ver el cenicero con algunas colillas olvidadas, encendió un largo cigarrillo con sabor mentolado y expulsó el humo con parsimonia.

—Apuleyo Valdés era un ladrón y un comemierda. Si alguien le mató, merecido se lo tenía. Que fuera o no mi hermano quien acabara con su vida, es indiferente, letrado, lo importante es que usted se encargue de sacarle libre.

Entonces fui yo quien me encendí un cigarrillo.

—Parece que la policía no piensa lo mismo, señora —le recordé, mientras rememoraba la comida con O'Blanca.

—Me importa poco lo que piense la policía, si he venido a verle es porque dicen de usted que es un buen abogado penalista, que es honesto y que gana los juicios en los tribunales y no en la televisión.

Sonreí. Aquella mujer no se mordía la lengua. Me gustan las personas que dicen las cosas como las sienten.

—¿Qué más sabe de mí? —inquirí, sosteniendo su mirada de color miel.

—Que los fiscales le tienen tremendo respeto y que además es un hijo de perra si de ganar se trata —respondió, completando tan subjetivo currículum sobre mi persona.

—Gracias —repuse—. Me gusta su franqueza.

Ante mi agradecimiento, ahora fue ella la que sonrió.

—¿Asumirá su defensa? —quiso saber al fin, borrando la sonrisa que le había iluminado fugazmente el semblante.

—En principio, no veo inconveniente. Le diré a mi secretaria que le vaya preparando la factura por el importe del cheque.

—No se moleste —me interrumpió, levantándose de la silla y tendiéndome su mano de finos y largos dedos y uñas esculpidas—. Tengo prisa y no puedo esperar. Hágaselo llegar a mis asesores fiscales.

—En ese caso… —dije, estrechando su mano y aspirando el aroma fresco de su agua de colonia.

La acompañé hasta la puerta de salida. Eva, mi secretaria, interrumpió la carta que estaba redactando y nos observó sin disimulo.

—¿Absolverán a mi hermano? —me preguntó preocupada antes de salir, al tiempo que me entregaba una tarjeta con su número de teléfono.

—Espero que sí. Yo ya aposté, y a mí nunca me gustó perder.

Capítulo 5

Según me contó días después Graciela Cienfuegos, ella y su hermano Arquímedes habían llegado a España nueve años antes. Un rico empresario de la construcción llamado Jacobo Esneider, viudo desde hacía quince años, sin hijos que se aprovecharan de su cuantioso patrimonio, a quien el régimen cubano trataba con la máxima deferencia desde hacía años por su notable contribución económica al mismo, la vio durante siete noches seguidas desenvolverse magistralmente en el musical nocturno del *Hotel Nacional* de La Habana y, al fin, pidió conocerla, aunque antes de hablar con ella ya tenía decidido que la sacaría de Cuba en el vuelo de retorno. Cuando ella escuchó su petición, pensó en la miseria que dejaría atrás, pensó en sus padres ya fallecidos, en su novio Osvaldo, cuya balsa fabricada con neumáticos recauchutados nunca llegó a Miami, y en su hermano Arquímedes, profesor de boxeo en un gimnasio de paredes desconchadas en Centro Habana, y presentó su contraoferta:

—Jacobo, solo me iré contigo si también sale mi hermano. Ya nada me ata a esta isla.

Al empresario la exigencia de Graciela le pareció sensata y aceptó. Al día siguiente, en una ceremonia que apenas duró cinco minutos, se casaron en la catedral de La Habana, reservada para tal evento por orden de la autoridad competente, mientras Arquímedes se despedía de sus alumnos y en el consulado preparaban atribulados los visados de salida de los dos hermanos.

Nueve años más tarde, Jacobo Esneider moría de un infarto, dejando a su esposa como única heredera de su imperio mercantil, ante el recelo de Apuleyo Valdés, el asesor de Esneider desde hacía veinte años. Arquímedes, reconvertido en guardaespaldas del millonario desde que salió de Cuba, sintió profundamente la muerte de su patrón, pues había tomado sincero afecto al viejo. Antes de morir, el magnate previno a su esposa sobre Apuleyo Valdés. Cuando éste se reunió por vez primera con su nueva jefa, Arquímedes estaba también presente en la reunión que tuvo lugar en la última planta de la sede de la empresa, situada en un rascacielos de la capital. Según me participó Arquímedes, su hermana Graciela no se anduvo por las ramas y advirtió a Valdés que si encontraba mierda debajo de las alfombras, y resultaba que la mierda era de él, no trataría el asunto con ella, ni con los abogados de la sociedad, sino que sería al propio Arquímedes a quien le rendiría las cuentas. La viuda no estaba dispuesta a permitir que sobre la inviolable memoria de su esposo pesase la más mínima sospecha de negocios turbios. Y Arquímedes Cienfuegos, al parecer, opinaba de igual modo.

Capítulo 6

Tras despedirme de Graciela Cienfuegos, ordené a Eva que saliera a comer y acudí a la comisaría para asistir a su hermano Arquímedes en la declaración. Cuando llegué a las dependencias de la policía, anuncié el motivo de mi visita, me hicieron esperar media hora y luego un agente me hizo pasar al despacho de O'Blanca, que se encontraba de pie, detrás del agente encargado de transcribir la declaración. El enorme cubano se encontraba sentado, mirando al frente, como si pretendiera adivinar su futuro en el horizonte que se apreciaba tras la ventana. Me presenté al detenido y tomé asiento junto a él. Me miró a los ojos, estrechó mi mano con fuerza, lo que casi me la descoyunta, y volvió a mirar al frente con aire ausente. El policía que instruía el atestado le preguntó si sabía leer y escribir y si había sido detenido con anterioridad. Respondió que sí a las dos primera preguntas y que no a la tercera. Preguntado si quería prestar declaración, Arquímedes, con buen criterio, y después de recibir mi disimulado aviso con una patada dirigida a su espinilla, que a poco me fractura el empeine, manifestó que solamente declararía en el juzgado. Concluido el trámite administrativo, nos hicieron pasar a la habitación de al lado, que servía al parecer de archivador para asuntos de todo tipo, al objeto de entrevistarme con el detenido. Nos sentamos en dos sillas que parecían hurtadas de un comedor de la beneficencia y le entregué mi tarjeta profesional, que el cubano leyó del derecho y del revés y que luego se guardó en el bolsillo de la guayabera color lima que vestía.

—Su hermana quiere que le defienda.

Arquímedes cerró los ojos un instante, los abrió y me pidió un cigarrillo. Miré aburrido el cartel de no fumar, saqué el paquete y el encendedor y los dejé encima de una mesa atestada de archivadores de cartón, rotulados con fechas prehistóricas. Posiblemente el asesinato de Abel a manos de Caín estaría allí guardado. Después de fumar los dos en silencio unos minutos, le expuse su situación.

—Mañana pasará a disposición judicial. Se le acusa, como ya sabe, del asesinato de Apuleyo Valdés. ¿Qué quiere contarme, amigo?

Me miró tan fijamente, que por un momento pensé que iba a extraerme el cerebro por la cuenca de mis ojos. Tiró el cigarrillo al suelo y lo aplastó con su enorme pie derecho, similar a la pezuña de un elefante.

—Abogado, yo no maté a ese *hijoeputa* —me confesó con su voz de contrabajo, que me recordó a mi admirado Howlin' Wolf, al tiempo que gesticulaba con sus enormes manos. En sus dedos, del tamaño de misiles, se le apreciaban las marcas de varios anillos, que supuse que la policía se los había retirado con el resto de sus pertenencias personales.

Miré la hora detenida en el reloj redondo de la pared, que podría llevar al menos cincuenta años sin contar un minuto, y pensé que aquel tipo podría jugar al tenis sin raqueta. Esbocé una tibia sonrisa.

—Mire, Arquímedes, si le mató o no le mató, a mí me importa poco o, incluso, nada —le respondí, sin darme cuenta de que estaba plagiando las palabras dichas en mi despacho por Graciela Cienfuegos.

—Yo no le maté —reiteró su inocencia.

—Lo jodido, amigo, es que me dicen que hay pruebas suficientes en su contra como para empapelar este edificio. Por cierto, usted es cubano. Y, como buen cubano, supongo que le gustará jugar al ajedrez.

El gigante me miró desconcertado y asintió en silencio.

—Por su bien, entonces —le advertí—, espero que sea verdad lo que me diga, porque si me miente o si me omite algo desde ahora, me temo que podrá dedicarse en la cárcel a mover las piezas por el tablero los próximos veinte años de su vida.

Arquímedes suspiró. Encendió otro cigarrillo y me dijo que antes decirme nada sobre lo sucedido a Apuleyo Valdés debía hablar con su hermana.

Asentí y me despedí de él hasta el día siguiente. Me disponía a salir de la comisaría, cuando Saúl O'Blanca me abordó por el pasillo y me pidió que le acompañara a su despacho. Me invitó a sentarme, sacó de un cajón de su escritorio una pequeña botella de whisky de nombre desconocido y dos vasos de colores distintos y tamaños diferentes, y vertió tres dedos en cada uno de ellos. Encendió uno de sus infumables cigarrillos negros sin filtro y me preguntó si seguía en pie la apuesta hecha horas antes.

—O'Blanca, no seas cabrón, todavía no he visto las actuaciones.

—Estás a tiempo de retirarte. No te lo tendré en cuenta. Esta vez lo tienes jodido de verdad.

Me bebí aquel brebaje de un trago. Me quemó la garganta.

—Lo sé. Por eso me dedico a esto. Si quisiera un trabajo sencillo me haría inspector de policía —bromeé, devolviéndole el vaso vacío.

El policía sonrió. Unas profundas arrugas se le esculpieron en la frente. Aunque teníamos la misma edad, el inspector parecía más mayor. Las canas de su bigote, las profundas entradas en su cabello y la barriga de bebedor de cerveza contribuían a ello.

—Por cierto, O'Blanca, ¿cómo puedes beber esta mierda? —le dije a modo de despedida.

Al día siguiente, Arquímedes Cienfuegos pasó a disposición judicial. Siguiendo mi consejo, puesto que nada me había contado, nada declaró sobre los hechos que se le imputaban, salvo que era inocente, pero ¿alguien reconoce ser culpable cuando te pueden caer veinte años de cárcel?

Como era de esperar, el magistrado de guardia, un juez joven, con gafas diminutas y pelo engominado, con rostro cansado y ganas de irse a su casa tras una guardia para olvidar, decretó, a instancia del fiscal, su prisión provisional comunicada y sin fianza.

Capítulo 7

Salí del juzgado. Eran las doce y media del mediodía y mi cuerpo, hasta entonces con un par de tristes cafés de máquina en su interior, empezaba a pedir carburante de mayor octanaje. Crucé la calle y me dirigí a un bar próximo a comer algo. Saludé a un par de colegas que charlaban de sus pleitos, me senté en una mesa del fondo, alejada del bullicio y pedí un sándwich de jamón y una cerveza doble, mientras hojeaba en la sección de sucesos de un periódico la información sobre el asesinato de Apuleyo Valdés. Cuando me disponía a hincarle el diente a mi condumio, una joven se acercó hasta mi mesa y se dejó caer en la silla de enfrente. Quizás el día no terminara tan mal como empezó, pensé sin quitar los ojos de aquella agradable aparición.

—Me llamo Rebeca Spinoza, con «S» líquida y «Z» —se presentó tendiéndome la mano—. Soy periodista.

Apuré mi cerveza y engullí raudo el sándwich. No quería que se me pasara el hambre. Los periodistas tenían el don de extraviarme el apetito.

—Perdón, le entendí bien su nombre, pero no su apellido —le indiqué con fingida maldad.

La periodista hizo una mueca y escribió su apellido en una servilleta de papel.

—Ese artículo lo firmé yo —me señaló el periódico sobre el que había apoyado distraído la botella de cerveza—. Me gustaría hablar con usted. Aunque ya sé que no es muy amigo de los periodistas.

—Cierto, señorita Spinoza —respondí, al percatarme de que no portaba alianza matrimonial.

—Puede llamarme Rebeca —pidió sin coquetería.

Transigí. Puesto que había concluido mi comida, ya no había peligro de que se me pasara el hambre. Además la chica era educada. Y atractiva. Delgada, tal vez en exceso, llevaba el cabello castaño cortado a lo *garçon*. Sus bonitos ojos grises destilaban tristeza.

—Mire, Rebeca, rara vez hablo de mi trabajo en prensa, y menos aún cuando los periodistas parecen saber más que yo —le respondí contrariado con las inevitables filtraciones.

—Le entiendo. Pero es nuestro trabajo. ¿Hablará conmigo?

—No me parece adecuado. Está decretado el secreto de sumario. Además, acabo de aterrizar en este asunto.

La periodista no se dio por vencida.

—Creo que sí lo sería. Llevo tiempo investigando a Apuleyo Valdés. Podría serle de ayuda.

Al oír su respuesta, fui yo quien me di por vencido. Cogí la misma servilleta de papel en que la joven había inscrito su apellido y anoté su número de teléfono.

—La llamaré —prometí, intrigado por la información que pudiera tener del fallecido Apuleyo Valdés—. Ahora, si me permite, debo irme. Me están esperando.

Le tendí mi mano a modo de despedida. Ella me la estrechó con firmeza y me sonrió. Me gustó su sonrisa. Salí a la calle, perseguido por su mirada de ojos grises, y me dirigí al Colegio de Abogados, pues desde hacía unos años me invitaban de vez en cuando a impartir alguna charla sobre Derecho Penal.

Capítulo 8

Cuando aquella mañana de viernes terminé mi exposición, me despedí de los asistentes con un recordatorio: «Jamás dejéis hablar a vuestros clientes en dependencias policiales. Haced lo imposible para evitar que declaren en comisaría. Una mala declaración puede ser una condena inevitable de vuestro cliente. No lo olvidéis».

Alguien me preguntó cómo evitarlo.

Me aflojé el nudo de la corbata y sonreí.

—Cada abogado tiene su táctica, vale la patada en la espinilla, un pisotón o un buen pellizco. Otras veces, no muchas, no será necesario; los propios policías nos permitirán aconsejar a nuestro cliente.

Los asistentes a la charla se levantaron, dando por finalizada la reunión.

Cuando Mireya Dumont y Rodrigo Jarfe se disponían a salir, les pedí que aguardaran cinco minutos.

—Voy a necesitar ayuda —les dije cuando nos quedamos solos.

Ambos se miraron ilusionados. Todos conocían que me gustaba trabajar solo, pero uno de los reclamos de mis coloquios, y yo lo sabía perfectamente, era el hecho de que si en ese momento se atravesaba en mi vida profesional un asunto complejo, a mis ayudantes siempre los buscaba entre mis fieles seguidores. Esta vez les tocó a ellos.

Capítulo 9

Comí deprisa en un restaurante chino que se encuentra a la vuelta de la esquina de mi oficina, me tomé un café doble y una copita de sake, y subí andando los seis pisos, pues preveía que esa noche tampoco acudiría al gimnasio, probablemente mi inversión menos fructífera y la más incompatible con un despacho de abogados, dados nuestros imprevisibles horarios. Eva Zapico, como siempre, ya se encontraba en su puesto, tan puntual como el enfermo de riñón que requiere de su necesaria sesión de diálisis. Mi secretaria tiene veintiséis años, más gorda que flaca y más fea que guapa, es la secretaria más eficiente que he tenido. Tiene un novio con pinta punki, apodado «Vicius», de cresta coloreada, cuyo rostro afilado está estigmatizado por diversos *piercings*. Sus brazos, delgados como alambres, están repletos de tatuajes de ínfima calidad. «Vicius» aparece todas las tardes en una moto de mediana cilindrada y recoge a Eva. Como sé que el chico está siempre escaso de dinero, le tengo contratado como mensajero ocasional. En fin, no puedo negarlo, me cae bien el muchacho, porque salió vivo de la heroína, lo que demuestra que tuvo suerte e inteligencia, y también porque tiene buen gusto musical y me graba música de sus grupos preferidos, que multiplican mi adrenalina cuando salgo a correr las pocas noches que me escapo no demasiado tarde de la oficina.

Eva me acompañó a mi despacho, me hizo un resumen de todas las notificaciones recibidas, guardó las de mero trámite en sus expedientes respectivos con la agilidad de una crupier de *blackjack* y me dejó sobre la mesa las que requerían respuesta. Luego, me entregó una nota con las personas a las que había que llamar y se retiró a su fortín, no sin antes hacer hincapié en que telefoneara a Graciela Cienfuegos, fuese la hora que fuese.

A las ocho de la tarde, «Vicius» asomó su cresta, me saludó efusivo, me entregó mi dosis musical de la semana (en esta ocasión Los Ramones y Green Day) y raptó a mi secretaria. Continué trabajando hasta la nueve y luego llamé a Graciela Cienfuegos. Me facilitó su dirección y me dijo que me esperaba en su casa a las diez y media para cenar. Sin etiquetas, apostilló. Apagué el ordenador, repasé la agenda para el próximo lunes, salí del despacho y me marché a casa a darme una merecida ducha. Cuando terminé el aguacero doméstico, puse un disco de Koko Taylor y me bebí una *Coca-Cola* pura, con azúcar y cafeína, mientras escuchaba la voz de mis padres en el contestador automático, informándome de que se habían marchado a pasar unos días a la playa, es decir, todo el verano. El mensaje terminaba con las inevitables indicaciones de mi madre sobre la alimentación y las mujeres. Escuchadas las sabias directrices maternas, escancié sobre mi cuerpo un poco de colonia, de la reservada para eventos importantes, me vestí con una camisa de lino azul cielo, unos pantalones vaqueros y unos mocasines negros y me marché a hablar con mi cliente favorita de la semana.

Capítulo 10

Después de media hora exasperante de conducción, y tras insultar unas cuantas veces a mi GPS, apagué aquel trasto enloquecido por las obras sin fin de la ciudad, que lo volvían majareta, inserté un CD de Muddy Waters y silbando sus melodías me dirigí por inercia a la residencia de Graciela Cienfuegos. Cuando un poco más tarde topé con una barrera que impedía el paso, toqué el claxon. Un tipo gordo con barba, uniformado como vigilante, que fumaba un puro en consonancia con su peso, salió de la garita y me preguntó quién era y qué deseaba. Saciada su curiosidad, miró con condescendencia mi Volkswagen escarabajo negro descapotable, tomó nota de la matrícula de mi coche, hizo una llamada por un teléfono que se encontraba en el interior de su guarida, cabeceó servilmente un par de veces en señal de asentimiento, colgó el teléfono, alzó la barrera y me dijo que continuara el sendero durante dos kilómetros hasta desembocar en la residencia de la señora Cienfuegos. A pesar de mantener una prudencial distancia de seguridad con su rostro cachetudo, no puede evitar que el olor a ajo que emanaba de su boca me impactara como un crochet en mi cara y se introdujera como una nube tóxica en el coche, haciéndome compañía hasta que me detuve a las puertas de la residencia de la viuda de Esneider. Apagué el motor, me eché un vistazo en el espejo retrovisor, descendí del vehículo, con la sensación de que me observaban sin recato desde la casa y, tras contemplar parsimonioso el frontal rodeado de columnas de mármol, subí la escalinata dudando si la visita programada era de trabajo o de placer.

Capítulo 11

Una doncella de origen asiático, perfectamente uniformada y tan almidonada que, probablemente, dormiría sobre la tabla de planchar, me abrió la puerta un segundo antes de que pulsara el timbre. Me dio las buenas noches, se las devolví, me pidió que la acompañara por un pasillo eterno de baldosas blancas y negras y me hizo pasar finalmente a una habitación del tamaño de un hangar, en la que me dejó aparcado a la espera de la dueña de la casa, que según la doncella, estaba terminando de arreglarse. La habitación, toda ella vestida de estanterías de roble hechas a medida, se encontraba repleta de libros, por lo que sagazmente supuse que sería la biblioteca de aquella mansión, a no ser que el imperio Esneider se dedicara también al reciclado de papel. En cualquier caso, para un apasionado de la literatura como yo, que me dejaran allí abandonado sin cenar no me hubiera supuesto ningún trauma irreversible. De hecho, cuando Graciela Cienfuegos entró en la estancia, me encontró plácidamente sentando en un confortable sillón de cuero negro, leyendo *Crimen y Castigo*, mientras bebía un excelente whisky de malta que me había servido diligentemente la doncella de ojos rasgados.

—Sabia decisión, Dante Oliver —dijo mi anfitriona a modo de saludo.

Alcé la vista del libro, lo cerré, lo deposité en la mesa redonda que había junto a mí y luego levanté mi cuerpo del sillón, sin saber si la sabia decisión imputada se refería al libro o al whisky de malta.

—Buenas noches, señora Cienfuegos —saludé, estrechando su mano—. Perdone mi atrevimiento, pero no pude resistir la tentación —me excusé, sin aclarar tampoco si mi atrevimiento se refería al libro escogido o al whisky que me estaba bebiendo—. Por cierto, tiene una casa muy bonita y, sobre todo, espaciosa. En esta habitación cabría holgadamente la Biblioteca Nacional.

—Gracias —respondió con una sonrisa—. La pasión de mi esposo eran los libros, como usted puede ver.

—También es la mía, señora —coincidí, pues el gozo provocado por la lectura de un buen libro resulta incomparable.

En esta ocasión Graciela Cienfuegos apareció informalmente vestida, con un sencillo vestido estampado y unas sandalias sin tacón. Iba sin apenas maquillar y oliendo a una fragancia de rosas. La pérdida de centímetros, la ausencia de maquillaje y el pelo recogido en una coleta la hacían parecer más vulnerable, pensé en ese momento. Me equivocaba, como comprendí más tarde. Hay mujeres que siempre son invulnerables.

Capítulo 12

Me dejé guiar por mi anfitriona por el dédalo de pasillos de la mansión, presumiendo que desembocaríamos en un salón con una mesa central rectangular de varios metros de largo, decorada con mantelería de finos encajes, cristalería de Bohemia y candelabros dorados, pero me equivoqué. El viaje concluyó en la terraza de un inmenso jardín, similar al Edén donde Adán y Eva se torcieron para desgracia de todos los que veníamos detrás de ellos. En una mesa de forja, decorada con un sencillo mantel, alguien había dejado preparada la cena y una botella de vino blanco en una cubitera. No se veía a nadie en varios kilómetros a la redonda. O la patrona había dado la noche libre a todo el servicio o los había despedido a todos para readmitirlos a la mañana siguiente. Nos sentamos, descorché la botella de vino y serví dos copas. Brindamos por el futuro de la humanidad y bebimos en silencio. Luego cenamos, dejando aparcado el asunto que me había llevado hasta allí. Cuando concluimos la cena, apareció la doncella oriental, sigilosa como un gato, recogió la mesa y nos trajo café y licores y una pitillera rectangular de plata, que dejó abierta, en la que se veían cigarrillos de diferentes marcas.

—Ayer hablé con Arquímedes —me informó—. Me preguntó cuándo pensaba visitarle de nuevo.

Inspeccioné la pitillera, estudié la diversidad que se me ofrecía, escogí uno de ellos y me lo encendí con un mechero de marfil que estaba en una mesa auxiliar y que pesaba como una mancuerna de varios kilos. Después me serví un generoso coñac francés y lo saboreé con deleite. En aquella casa se vivía francamente bien.

Eso de que el dinero no concede la felicidad se le debió escapar a algún pobre iluminado que jamás tuvo mucho dinero.

—Cuando usted me diga qué le pasó a Apuleyo Valdés, podré visitar a su hermano y empezar a preparar su defensa. Recuerde que usted me contrató para ser el abogado de su hermano, no para ser su animador. Y él todavía no ha abierto la boca. Aguarda a que usted hable primero.

Graciela me miró, y asintió moviendo la cabeza.

—No tema por mi hermano. Arquímedes, al igual que yo, hemos vivido presos en una isla casi toda nuestra vida. Unos pocos meses en la cárcel, porque serán solo unos meses, estoy segura, en nada le afectarán. Él sabe cuidarse. No se preocupe.

Esta vez fui yo quien asintió. Al fin y al cabo me pagaban también por asentir.

—Pero antes que nada, dejemos los formalismos. Por favor, llámame Graciela o yo le llamaré abogado durante toda la velada. ¿Estás de acuerdo?

—Estoy aliviado —reconocí sonriendo, pues aunque Graciela Cienfuegos era una mujer viuda, me incomodaba seguir llamando señora a una bella mujer a la que sacaba unos pocos años de ventaja y que, además, me invitaba a cenar a solas en su casa.

—Mejor así. Pero antes de explicarte, háblame de ti —solicitó o, tal vez, exigió educadamente la anfitriona.

—¿Qué quieres saber, Graciela? —pregunté, dejando de lado la etiqueta—. Algo me dice que debes tener un dossier mío en algún cajón de tu despacho, que se inicia con mi nacimiento y que se prolonga hasta la cena de esta noche.

—Lo tengo, pero no necesariamente en un cajón de mi despacho. Puede que tu dossier lo tenga en mi dormitorio —soltó sin despeinarse.

Me serví otro coñac, más generoso que el anterior. A ella le serví un ron añejo con hielo, pues no conozco a ninguna persona nacida en Cuba que le desagrade el ron.

—Me han informado, como ya te dije, que eres un buen abogado, mucho mejor de lo que aparentas ser. Si no, no te habría contratado. Para defender a mi hermano se han postulado medio centenar de abogados que cobran cincuenta veces más que tú. Pero confío en ti, por tu discreción. No me gustan los abogados que, antes, durante y después de terminar un juicio, pierden el culo por acudir a un plató de televisión.

La miré. No dije nada, pues lo cierto es que a mí, ni me gustaban, ni me disgustaban esos abogados. Aunque sí tenía claro que si mi sueño era salir en la televisión, me hubiera hecho actor y no abogado.

Aprovechando mi silencio, la viuda de Esneider continuó la ofensiva.

—Te preguntaba por tu vida personal. Hay ciertos misterios sobre ella que no he podido descubrir. No, todavía. Aunque sí me consta que eres un hombre divorciado y que te gustan demasiado las mujeres. Que eres un picaflor, como dirían en mi país —concluyó sonriendo.

Ciertamente, Graciela Cienfuegos poseía una sonrisa encantadora, aunque en ese instante se me vino a la cabeza el apareamiento de las mantis religiosas y lo mal que lo suelen pasar los machos de esta especie cuando están inmersos en dicho trance.

—En cuanto a mí —continuó ante mi silencio—, te puedo asegurar que mi vida me la volteó un esposo admirable, al que llegué a querer sinceramente, aunque nunca estuve perdidamente enamorado de él. Jacobo siempre lo supo, pero nunca le importó. Me dio cariño y yo se lo devolví. Y nunca le fui infiel mientras estuve a su lado.

—Seguro que eres hija de Ochún —comenté—. Una vez leí que las hijas de Ochún son siempre fieles. Y hermosas.

Me miró, sorprendida, enarcando las cejas.

—¿Qué tú sabes de nuestros santos? —preguntó sorprendida por mis palabras.

—Hace algún tiempo defendí a un matrimonio de jóvenes cubanos acusados de maltratar a sus dos hijas pequeñas. Según la madre, las niñas estaban poseídas. Cuando la policía, advertida por los vecinos que habían escuchado durante horas los lamentos de las niñas, se personó en su casa, encontraron la vivienda decorada con imágenes de santos, velas y otros cachivaches propios de la santería caribeña. La madre había sacrificado palomas y tratado de expulsar los malos espíritus pasándole unos clavos por las plantas de los pies de las niñas. A la madre la ingresaron en el hospital psiquiátrico y al padre, que no intervino en los hechos, pero permitió temeroso la enloquecida actuación de su esposa, le dejaron en libertad provisional con cargos. El Estado asumió la tutela provisional de las niñas.

Hice una pausa, me serví un vaso de agua y me lo bebí de un trago, apagando el incendio del licor consumido.

Graciela, interesada en mi relato, pues tampoco hay cubano que no crea a pies juntillas en sus santos, me apremió para que terminara la historia.

—Para preparar el juicio acudí a una santera cubana, una mulata llamada Odalys, amiga de la madre. Ella me explicó el significado de la santería y los ritos depurativos. Se celebró el juicio y ambos salieron absueltos. El psiquiatra que los examinó concluyó en que concurría un trastorno mental transitorio de carácter transoceánico. Es decir, que cuando los caribeños cruzáis el charco os traéis también en la maleta a todos vuestros santos. A la vista de todo ello, solicité que se les apreciara la eximente de enajenación mental y el tribunal lo aceptó. Se sometió a tratamiento psicológico a los padres y conseguí que recuperaran la custodia de las niñas meses después, las cuales, por otro lado, adoraban a sus padres y ya habían olvidado el penoso incidente. Aunque más tarde descubrí que realmente la madre había seguido acudiendo a Odalys, la santera. Si se curó gracias a ésta o gracias a los psicólogos de aquí, nadie lo sabe. Por cierto, cuando terminó el asunto, acudí a ver a Odalys para agradecerle la ayuda. La santera se alegró sinceramente por la absolución de sus paisanos, encendió varias velas en agradecimiento a Changó y pidió por mí para el resto de la eternidad —concluí el relato sin poder evitar sonreír al recordar a aquella mulata salvaje que me secuestró a su dormitorio repleto de velas de todos los colores y sofocante olor a incienso para concluir sus ritos.

—Eres una caja de sorpresas. Me gustas, Dante Oliver. Y sí, soy de hija de Ochún. Y le fui fiel a mi esposo hasta el día que murió, porque siempre fue muy bueno conmigo. Por su memoria, no podía tolerar que un miserable como Valdés siguiera con sus mierdas. Por eso envié a mi hermano a verle, para que se lo recordara a su manera. Pero si él dice que no le mató, yo le creo.

Luego, me narró lo que su hermano supuestamente le contó sobre la muerte Apuleyo Valdés. En esa tesitura, y mientras sopesaba si la narración de la caribeña quedaba amparada por el secreto profesional, opté por hacer lo mejor en estos casos, me serví otro coñac y me encendí otro cigarrillo.

Entonces, Graciela se soltó el cabello y su abundante melena morena cayó en cascada sobre sus hombros. Después se levantó, bajó como una diosa del Olimpo los escalones de la terraza y se dirigió a la piscina. Se quitó el vestido y las sandalias y, como no llevaba ropa interior, no perdió más tiempo y se zambulló en el agua con la gracia de las sirenas. Segundos después, asomó la cabeza y me pidió que fuera a nadar con ella.

—Dale, abogado, que estoy en candela.

Dicen que es un error mezclar el trabajo con el placer. Posiblemente, quien lo dijo debía ser otro iluminado que nunca se había encontrado en una situación como la mía.

Capítulo 13

Me desperté en una cama del tamaño de un portaaviones. Graciela se encontraba dormida junto a mí, si bien, teniendo en cuenta las dimensiones de la cama, estar junto a mí significaba hallarse a unos metros de distancia. Me levanté con el sigilo de un espía, me dirigí al cuarto de baño y me concedí una larga ducha mientras rememoraba lo acaecido desde que llegué allí. Luego me vestí y escribí una breve nota que deposité en la mesilla, al lado de una lujosa pulsera de plata, un bonito pendiente de oro y otras alhajas que, a buen seguro, valdrían una pasta. Una vela amarilla ardía sobre el tocador, junto a una figura de la Virgen de la Caridad del Cobre y una fotografía en la que aparecían riéndose un niño y una niña. Cogí la foto y la observé de cerca. Los hermanos Cienfuegos, sin duda. Tendrían entonces no más de diez años. Sentí un pinchazo en el corazón. Dejé la fotografía y salí del dormitorio, procurando no despertar a la bella durmiente. Tras un par de vueltas por los interminables pasillos y, lamentando no haberme acompañado en esta aventura del dichoso GPS para poder encontrar lo antes posible el camino de salida, abandoné finalmente la mansión de la viuda de Esneider. Cuando llegué al puesto de control, una joven pelirroja uniformada verificó de nuevo la matrícula de mi coche, alzó la barrera y me saludó con una sonrisa, que a buen seguro carecía de los efluvios que emanaban de la boca de su colega nocturno. Aunque era sábado, decidí ir al despacho. Tras la conversación con Graciela necesitaba ojear el expediente de Arquímedes antes de acudir a verle a la cárcel. Lo leí despacio, tomando notas al mismo tiempo. Afortunadamente, conocía a uno de los funcionarios del juzgado que instruía la causa, el cual, además, me debía algún que otro favor, por lo que, a pesar de secreto sumarial, me hizo llegar discretamente una copia de las actuaciones, a cambio de una caja de botellas de vino tinto, de astronómico precio. Dos horas más tarde me marché al centro penitenciario. Cuando accedí al interior, los locutorios de la prisión se encontraban tan atestados como un cine cualquier fin de semana del año. Los familiares de los inquilinos del centro penitenciario se desparramaban por la estancia, hablando sus diferentes idiomas. La población mundial parecía haberse dado cita precisamente allí aquel sábado. Conseguí llegar, no sin pisar varios pies, hasta uno de los locutorios reservados a los abogados y esperé paciente la llegada de mi cliente, mientras leía la autopsia del fallecido Valdés.

Arquímedes Cienfuegos apareció solemne, como un elefante que transportara un maharajá sobre su lomo. Me distinguió entre la turbamulta y se dirigió hacia mi locutorio, saludando a varios compañeros de infortunio, que esperaban fumando a que se vaciara algún locutorio.

—Abogado, me alegro de verle —me saludó.

—Hola, Arquímedes, ¿que tal le tratan en este hotel?

El gigante sonrió.

—Bien. Como dicen ustedes, en peores garitas he hecho guardia. ¿Habló con mi hermana?

—Sí, hablé con su hermana —respondí.

Obviamente, me callé el resto de la jornada vivida con ella, no saliera a relucir el instinto protector del hermanito pequeño.

—¿Y bien?

—¿Cuánto hay de cierto en lo que le contó a su hermana?

El cubano me echó tal mirada, que si hubiera tenido rayos X en los ojos, hubiera atravesado el doble cristal que nos separaba y me hubiera fulminado sin compasión.

—Todo, chico. Todo lo que le conté a Graciela es la *puritita* verdad. Se lo juro por Oggún.

—Arquímedes, déjese de juramentos y dígame la verdad. ¿Seguro que no se le fue la mano con Valdés?

El hombretón se indignó.

—Abogado, he sido boxeador la mitad de mi vida. Sé cómo hacer daño y sé cómo asustar. Y a ese perro ni le pegué con el puño —me respondió, mirando como hipnotizado sus enormes manos.

—Entonces, amigo, si no le mató, ¿por qué se tomó tantas molestias en hacerle lonchas?

—No me quedó más remedio, abogado.

—Pues cuénteme lo qué pasó. Y procure no olvidarse nada.

Capítulo 14

Arquímedes se levantó nervioso, salió del locutorio, pidió un cigarrillo a un interno que pululaba por los alrededores, entró de nuevo, se sentó y comenzó a fumar. De tres caladas extinguió el pitillo.

—Verá. Mi hermana descubrió que Valdés desviaba fondos de la empresa y hacía trasferencias a Colombia y a Venezuela. Cuando Graciela le exigió que pusiera fin a toda esa mierda y que se marchara, porque sabía que el escándalo mancharía la memoria del señor Esneider, y eso, abogado, Graciela jamás lo consentiría, él se negó en redondo. ¿Qué podía hacer mi hermana? ¿Llamar a la policía?

—Sí —dije—, eso era lo que precisamente tenía que haber hecho su hermana, llamar a la policía. Aunque su imperio se tambalease por las investigaciones, debió aclarar las cosas y demostrar que nada tenía que ver con los negocios sucios de Valdés. Arquímedes, aquí se solucionan las cosas así.

Ante su silencio, le pedí que continuara.

—Valdés estaba reformando su casa de la playa. Era domingo, como supongo que ya conoce. Unos días antes me invitó a ir pescar con él en su barco. Así que, aprovechando la ocasión, Graciela me pidió que tratara de convencerle para que dejara la empresa y se llevara sus negocios *pa'l* carajo. Pero si alguien me pregunta, diré que fui por iniciativa propia, porque me salió de la pinga, ¿comprende?

—Comprendo. Y, por favor, déjese las vulgaridades para cuando redacte sus memorias. Y ahora, continúe.

—Está bien, abogado. Le contaré tal como pasó. Llegué sobre las siete de la mañana. Parqueé el carro a unas cuantas cuadras de la casa, a unas cuantas calles quiero decir, y me dirigí a la casa de Valdés. Cuando estaba llegando me crucé con una vieja, perdón, con una señora mayor, que estaba paseando un perro, de esos pequeños, que no hacen más que ladrar. La buena señora me dijo que no me preocupara, que el perro no mordía. No recuerdo qué le dije. Por Changó, abogado, si el perro era como una cagada de mosca, ¿qué carajo iba a morderme? —se rio el forzudo.

—Acabo de leer la declaración de esta persona; la verdad, no pudo ser más oportuna la señora para salir a pasear al condenado chucho, ni usted más inoportuno para ir a dar recados. Continúe, haga el favor.

—La cancela de la casa estaba cerrada, pero sin echar la llave, así que entré sin pulsar el timbre. Luego fui a la parte trasera, subí el vidrio de una ventana y pasé dentro. Ascendí las escaleras y fui hasta su alcoba. Roncaba el muy puerco. La habitación olía a tabaco y a sexo. Encendí la luz. Había dos botellas de vodka y unos vasos tirados por el suelo. Y coca en la mesilla, mucha, para abastecer las necesidades de unas cuantas narices. Le saqué de la cama y le di tres guantazos. Le partí el labio y comenzó a sangrar. Recuerdo que vomitó en mis en mis pantalones. Le sacudí un poco más. Creo que le rompí la nariz. Se meó en el pijama. El muy asqueroso. Luego saqué un alambre, se lo puse al cuello y apreté un poco, haciéndole creer que le iba a estrangular. Entonces se desmayó, el muy *salao*.

—Ahórrese los chistes —le recriminé—. El jurado a lo mejor no le ríe sus gracias.

—Perdone.

—¿Y qué hizo entonces?

—Me marché.

—¿Respiraba aún Valdés?

—Sí.

—¿Pero usted regresó de nuevo a la casa? ¿Por qué?

—Cuando llegué a mi carro no encontré las llaves. Supuse que las había extraviado en la casa del *hijoeputa* de Valdés. Por eso volví.

—¿Cuánto tiempo tardó en ir y volver?

—Una media hora. Cuando me encontraba a unos cincuenta metros de la casa, observé que salía un tipo de allí, vestido con mono azul de trabajo, que andaba raro. Me imaginé que era alguno de los trabajadores contratados por Valdés que habría acudido a hacer algo de urgencia o a recoger alguna herramienta. Me detuve y entré en un bar cercano, esperando que se alejara.

—¿Consumió algo en el bar?

—Compré cigarrillos de la máquina y pedí una botella de agua.

—¿Quién le atendió?

—Una chica joven, flaca, pero linda. Tenía un *piercing* en la lengua.

—¿Qué hizo luego?

—Entré en la casa.

—¿Por la misma ventana que la primera vez?

—Sí.

—¿Y?

—Subí al dormitorio de Valdés. En el suelo estaban las llaves, pero él no estaba allí.

—¿Cómo que no estaba allí?

—Lo que le digo, letrado. ¿Está sordo o qué?

Empezaba a hartarme de aquel gorila maleducado. Pero tan solo fue una crisis pasajera. Recordé los honorarios que me pagaban por su defensa y las playas de la Polinesia que me esperaban al final del juicio. Así que me tragué mi hartazgo.

—¿Y dónde estaba entonces Valdés?

—Eso mismo me pregunté yo, abogado. Me asomé al cuarto de baño. Sobre el lavabo había algodón con restos de sangre, agua oxigenada y unas gasas. Supuse que se había recuperado y que tras curarse se había marchado cagado de miedo por si volvía. Pero…

—Pero, ¿qué?

—Pues que me equivoqué. Que Valdés no se había marchado de la casa. El tipo estaba todavía allí.

—Allí, ¿dónde?

—En el otro dormitorio, caído en la alfombra sobre un charco de sangre.

—¿Qué hizo entonces?

—Le volteé. Tenía tres agujeros en el pecho.

—¿Orificios de bala?

—Seguro, *compay*.

—¿Y entonces? —inquirí, pasando por alto su compañerismo.

—Llamé a Graciela.

—Joder, Arquímedes, ¿por qué llamó a su hermana? ¿No se dio cuenta de que podía implicarla? Parece usted imbécil.

—No sabía qué hacer —confesó hundido el gigante.

—¿A qué hora fue eso?

—No lo sé.

—¿Habló con ella?

—No.

Suspiré aliviado.

—Siga, por favor. ¿Qué hizo a continuación?

—Lo despiecé.

—¿Por qué?

—Por miedo. Pensé que si aparecía el cadáver de Valdés tendría comprados todos los boletos para que me echaran el muerto. Recuerde que la vieja del perro y la camarera me vieron por allí. Mis huellas estaban por la casa. ¿Qué quería que hiciera?

—¿Y entonces cómo...?.

—¿Cómo que cómo?

—Sí, coño. Que cómo descuartizó a Valdés. La policía no sabe todavía qué se utilizó para descuartizarle. Supongo que no lo haría con las manos, ni a mordiscos, aunque le veo capaz.

Se miró las manos, sonrió, pero mi mirada gélida le borró la sonrisa de golpe.

—Salí al jardín y husmeé entre las herramientas de los obreros. Encontré una cortadora de azulejos, me la subí al baño, la enchufé y troceé a ese cabrón por partes. Primero separé la cabeza, luego el tronco y por último las piernas y los brazos.

Afortunadamente esa mañana no había desayunado más que un café con leche, lo que me evitó ensuciar con una estrepitosa vomitona el cubículo en el que estaba alojado. Miré la prohibición de fumar y me encendí un cigarrillo, hastiado de tantas prohibiciones. Me rasqué la nuca, mientras imaginaba a aquel tipo haciendo jirones a Apuleyo Valdés.

—¿Qué hizo luego?

—Busqué en la cocina unas bolsas de basura y lo empaqueté.

—¿Cómo eran las bolsas?

—Negras.

—¿En cuántas bolsas metió a Valdés?

—En cinco, no, en cuatro, creo.

—No crea, Arquímedes, recuerde. ¿En cuántas bolsas?

—¡Carajo! No me atosigue, abogado. Déjeme pensar. En cuatro. Una para la cabeza, otra para el tronco, otra para los brazos y otra para las piernas.

—¿Y después?

—Me lavé la sangre de ese *hijoeputa*, limpié con lejía los dormitorios y el baño, bajé a por el carro, lo parqueé delante de la casa y metí las bolsas y la alfombra en el maletero.

—¿De qué bolsa se deshizo primero?

Arquímedes dudó. Miré alrededor. El mundo seguía vivo, a pesar del olor a muerte que destilaba mi locutorio. Le repetí la pregunta.

—De la más grande.

—¿La del pecho?

—Sí.

—¿Dónde la arrojó?

—En un vertedero de basuras que hay a una media hora de la casa.

—¿Y las otras tres bolsas?

—Las dejé en un contenedor de basura, a unos veinte minutos de llegar a casa, cuando recordé que aún las llevaba en el maletero. Ante mi mirada sorprendida, Arquímedes se explicó: verá, letrado, para apaciguar los nervios me soplé durante el viaje de regreso una botella de ron y olvidé que el *desgraciao* de Valdés, o lo que quedaba de él, aún me hacía compañía —confesó no demasiado atormentado el gigante cubano.

—Oiga, si se descuida, se lo lleva a dormir a su cama. Hay que ser desmemoriado, hombre —recriminé—. Por cierto, ¿qué hizo con la máquina de cortar azulejos? —pregunté tras repasar mis notas

—Me la llevé de la casa de ese *singao* y la tiré a un pantano.

—¿Y la alfombra?

—La quemé en un descampado, junto con la camisa. Como llevaba otra camiseta en el coche, me la puse y quemé la que llevaba, que tenía manchas de sangre.

—¿Y por qué no se deshizo de los pantalones?

—Fue un descuido. Cuando llegué a casa los metí en una bolsa que dejé en el maletero del coche, pero olvidé deshacerme de ella. Y allí se quedó, hasta que llegó la policía. Empezaron a rastrear y la encontraron.

—Está bien, Arquímedes. Por hoy he tenido bastante —capitulé, ansiando salir a respirar un poco de aire fresco.

Guardé las notas que había tomado. Eché mano del paquete de tabaco, pero no fumé. Bastante mierda había tragado ya.

—¿Me defenderá? —preguntó o, más bien, suplicó.

—Sí —aseguré con la mirada perdida.

Después me levanté y me fui sin despedirme. Me sentía incapaz de mirar a mi cliente.

Capítulo 15

Busqué su número de teléfono y la llamé.

—¿Le gusta correr? —pregunté.

—Ni detrás del autobús —contestó Rebeca Spinoza entre risas.

—Pues tendrá que aprender. La espero a las seis. Venga preparada.

Le di mi dirección y esperé su llegada.

Quince minutos después de la hora concertada, la joven periodista se personó en mi casa. Se había puesto para la ocasión una camiseta de tirantes de color rosa, unas lycras negras y unas zapatillas blancas. Ciertamente, era muy atractiva. La santera Odalys, desde la distancia, seguía velando por mi bienestar.

Nos dirigimos a un parque próximo a mi casa y completamos tres vueltas y media antes de encaminarnos derrengados a la terraza de un bar para reponer fuerzas. Pedimos unos refrescos multiusos y los bebimos con ansiedad, mientras ambos consultábamos en nuestros teléfonos móviles las llamadas y los emails recibidos mientras quemábamos unas pocas calorías.

—¿Y bien? —me preguntó, tras pedir otro brebaje tonificante.

—Rebeca, ¿qué sabe de Apuleyo Valdés?

—Tutéame, por favor.

—Está bien. ¿Qué sabes de Apuleyo Valdés?

—Que era un buen elemento. Pero, antes de seguir, quiero saber qué obtendré a cambio de la información que te facilite.

La miré. Me gustaba esta mujer. No se andaba con rodeos. Realmente, hay pocas mujeres que no me gusten. Medité unos segundos la respuesta.

—Te informaré de lo que pueda, aunque no puedo prometerte nada mientras las actuaciones judiciales sigan estando bajo secreto de sumario. Pero si me ayudas, te ayudaré.

La periodista aceptó.

—Nos vemos esta noche y cenamos. Te pondré al día de lo que he averiguado de Apuleyo Valdés. Aunque de momento nada es publicable. Hasta que no esté todo bien atado, mi jefe no dará el ok. No quiere demandas de sus herederos, creo que tiene un par de hijos. Eso sí, tú invitas a la cena, por supuesto —propuso.

—Muy bien —transigí.

—Por cierto, no me gusta mezclar el trabajo y el placer —me advirtió con gesto divertido que contrariaba su advertencia—. Mis fuentes dicen de ti que no te estás quieto ni debajo del agua.

Puse cara de sorpresa y protesté, pero la periodista desestimó mis alegaciones sin posibilidad de recurso.

Capítulo 16

Cuando llegué a casa, busqué un cigarrillo, puse un disco de Robert Johnson, conecté el despertador, no me fuera a quedar traspuesto, y me tumbé en el sofá, intentando no pensar en nada. Cuando me estaba quedando dormido, el timbre del móvil lo impidió. La voz aterciopelada de Graciela Cienfuegos sonaba al otro lado.

—Hola. Espero no molestar —saludó.

—No me molestas —dije sincero, pues hay algunas molestias que se agradecen.

—Esta mañana te fuiste sin avisar —me regañó.

—Te dejé una nota —alegué como defensa.

—No soy mujer de notas, abogado.

—Fui a ver a tu hermano.

—¿Y?

—Me puso al día.

—¿Cómo lo ves?

—¿Sinceramente?

—Sinceramente.

—Difícil.

—Por eso te contraté.

—Será complicado convencer a un jurado de que Arquímedes no mató a Valdés. Lo tiene todo en su contra.

—Lo conseguirás —afirmó rotunda.

—Tienes demasiada confianza en mí. Pero yo no juzgo a tu hermano, solo le defiendo.

—Debemos tener fe.

—Con la fe no se ganan los juicios.

—¿Tú no crees en nada, Dante?

Me reí.

—Cuando las cosas están mal, a los abogados solamente nos queda creer en el Tribunal Supremo. Es nuestra última esperanza.

—Dante, en este asunto mi única esperanza eres tú. Si Arquímedes dice que no le mató, yo le creo. ¿Tú le crees?

—Graciela, que le crea o no, carece de importancia.

—¿Qué piensas hacer?

—Para empezar, esta noche voy a reunirme con una periodista que dice tener información sobre Valdés, información, que por cierto, tú no me has facilitado todavía. Si es cierto que entre manos se traía tantos tejemanejes, enemigos no le faltaban. Y si alguno de ellos le mató, tu pobre hermano quizá se lleve una condena que no le corresponda. Y el lunes me reuniré con mi equipo y empezaremos a trabajar.

—Está bien, confió en ti. ¿Lo pasaste bien anoche? —preguntó, cambiando el tercio.

—Mentiría si te dijera que no.

—Me alegro entonces. *Chau*, Dante.

Capítulo 17

Cuando llegué al pequeño restaurante que había elegido Rebeca Spinoza, ésta ya me esperaba, concentrada en su ordenador portátil, mientras bebía un gin-tonic. Pedí otro para mí y encargamos la cena. Pescado para ella y pollo para mí y una ensalada y una botella de vino para compartir. Al terminar, me pidió que le acompañara a su casa. Fuimos dando un paseo, ya que vivía a escasos diez minutos del restaurante.

—Rebeca, ¿por qué te interesa tanto la muerte de Valdés? —quise saber.

—¿Recuerdas el asesinato de un periodista español en Medellín hace dos semanas?

Negué con la cabeza. Bastante tenía con recordar las fechas de los juicios que tenía cada semana y los cumpleaños de mis sobrinos.

—Ulises Santos. Era mi compañero. Juntos empezamos a investigar las andanzas de Valdés. Bueno, realmente era más que un compañero, me recordaba a mi padre, siempre corrigiendo, pero siempre con una sonrisa. Cuando llegué al periódico, hace cuatro años, él ya llevaba veintitantos años allí. Me acogió como a una hija y me adoptó como su ayudante.

Llegamos a su casa. Nada más abrir la puerta un perro carlino de color negro nos rodeó, dando brincos de alegría. Su dueña lo cogió en brazos y lo besuqueó. Sentí envidia del chucho. Tras una última carantoña, Rebeca depositó con mimo al animal en el suelo y me hizo pasar al salón. Era un apartamento pequeño, pero coqueto. Me senté en el sofá mientras ella preparaba unas copas. El perro vino hacia mí, me olisqueó y, al no detectar rastros perrunos, me incluyó en su lista de humanos aburridos. Luego se echó sobre una colchoneta amarilla y se puso a roncar al ritmo de una vieja locomotora.

Rebeca apareció con una bandeja en la que transportaba una botella de whisky, una jarra con agua, dos vasos anchos de grueso cristal y una cubitera pequeña. Me dijo que le concediera unos minutos, mientras se quitaba los zapatos y se ponía cómoda. Serví dos whiskys, uno con hielo para mí y uno con agua para ella. Me encendí un cigarrillo. El perro abrió los ojos, me recriminó con su mirada mi humeante vicio y siguió durmiendo.

—Se llama *Caifás* —me dijo Rebeca, señalando al perro, cuando retornó al salón—. Era de Ulises.

Luego quedó muda unos minutos. Se encendió un cigarrillo y se lo fumó en silencio, con el rostro desfigurado por el recuerdo. Hay momentos en esta vida en los que no se debe abrir la boca. Y ése era uno de esos momentos. Después de vaciar de dos tragos a su copa, recuperó la compostura. Me pidió que le sirviera otra y obedecí. Luego me serví yo.

—Ulises y yo empezamos a investigar a Apuleyo Valdés cuando nos enteramos de que la policía le estaba investigando por evasión de capitales. Gracias a un confidente nuestro, cuyo nombre, como comprenderás, no puedo revelarte, fuimos ampliando la información y nos topamos con algo más gordo. Al parecer, Valdés aprovechaba las operaciones inmobiliarias de la empresa de Jacobo Esneider en países como Colombia y Venezuela para concertar compras de cocaína, que después vendía a través de sus contactos en Europa. Ten en cuenta que Esneider venía delegando en Valdés desde hacía tiempo la dirección de su sociedad y el pobre se murió sin enterarse de los negocios paralelos de su mano derecha. Cuando Esneider murió, Ulises consiguió que su esposa, Graciela Cienfuegos, una cubana muy guapa, por cierto, le recibiera.

—Conozco a la viuda de Esneider. Fue ella la que me contrató para defender a su hermano.

—Lo imaginaba —me dijo con una sonrisita.

—No seas traviesa. Continúa, por favor.

—Pues bien, Ulises informó a la viuda de nuestros descubrimientos sobre las irregularidades económicas de la empresa, pero optó por callarse la información sobre la compra de cocaína con dinero de la empresa, pues esa información necesitábamos contrastarla con otras fuentes. Graciela Cienfuegos, que como tú ya debes conocer, no tiene un pelo de tonta, reunió a sus asesores fiscales, a sus contables, a sus abogados mercantilistas y no sé si también a las señoras de la limpieza, y les dijo que, si querían seguir manteniendo el puesto, en setenta y dos horas debía tener una respuesta clara: si Valdés estaba defraudando o no a la empresa de su añorado marido.

Caifás se levantó de su colchoneta y se cobijó entre las piernas de Rebeca, como si el animal presintiera que a continuación ella iba a hablarme de su antiguo dueño.

—Y cuando los informes le mostraron a Graciela Cienfuegos que Valdés estaba descapitalizando la sociedad, la viuda llamó de nuevo a Ulises y le preguntó qué más sabía. Ulises, esta vez sí, le dijo que nuestras investigaciones nos llevaban a Colombia y a Venezuela. Entonces la viuda le puso el caramelo en la boca. Le dio a Ulises un cheque en blanco para que averiguara las conexiones que en esos países tenía Valdés. Y el muy tonto picó el anzuelo. Se marchó a Colombia en busca del premio *Pulitzer*. Pero volvió sin el premio y metido en una caja. Le acribillaron en Medellín. Con el cheque de la jodida cubana se pagó su entierro. Por lo menos no tenía familia que le llorara. Bueno, estaba yo —concluyó sin poder evitar las lágrimas.

La abracé tratando de consolarla. Aunque presumía que Rebeca tenía más información, renuncié a pedírsela. Era suficiente por esa noche. La acompañe a su dormitorio, hice que se acostara, la arropé e hice guardia hasta que se quedó dormida. Dada la hora y para evitar dormir en un calabozo por cometer un delito contra la seguridad del tráfico, me quité los zapatos y me desplomé en el sofá. Apagué la luz y cerré los ojos con fuerza. Me sentía agotado. Empezaba a preguntarme si había hecho bien en asumir la defensa de Arquímedes Cienfuegos, cuando de repente, en la oscuridad de la habitación, sentí al perro del periodista asesinado cómo se acercaba a mí, me lamía una mano y después se tumbaba junto a mí.

Capítulo 18

Arquímedes Cienfuegos apretaba un alambre sobre mi cuello. A mi alrededor, su hermana Graciela, sonreía mientras encendía una vela amarilla a su Virgen y el inspector O'Blanca me decía que había perdido la apuesta. Entonces una mano me agitó violentamente, mientras una lengua me lamía el rostro. Abrí los ojos. Rebeca y *Caifás* me despertaban, cada uno a su manera.

—Buenos días, abogado. Estabas soñando —me saludó Rebeca, recién duchada, resguardada en un albornoz azul.

Parpadeé varias veces, miré en derredor, recordé donde me encontraba y me incorporé. Aspiré su aroma a lavanda. Me sirvió una taza de café y me concedió un beso de buenos días que iba acompañado del agradecimiento por velar de ella por la noche. Pero como no soy un ser humano hasta que me bebo la primera taza de café del día y me fumo el primer cigarrillo, guardé silencio mientras atendía mis primeras obligaciones matinales. Cuando concluí, me desperecé y le pregunté si se encontraba mejor.

—Lo siento. Todavía no he superado la muerte de Ulises —se disculpó la periodista.

—No te preocupes. Lo comprendo —le dije, dándole un abrazo solidario, porque sobre la muerte de seres queridos bien podía escribir una tesis.

—Bueno, dúchate mientras te preparo unas tostadas —ordenó con voz de mando.

Obedecí como un soldado raso. Quince minutos más tarde me zampé el generoso desayuno, me tomé otra taza de café y me fumé otro cigarrillo.

—Tus vicios te matarán —pronosticó Rebeca, abriendo el ventanal del salón.

—O me harán más fuerte —repuse, tragándome un acceso de tos para no concederle la razón.

—Quiero enseñarte algo —dijo, señalándome el ordenador.

Me asomé a la pantalla.

—Este email me lo envió Ulises antes de morir. El día antes, en concreto. Me decía que estaba terminando de ensamblar las piezas y que en un par de días estaría de regreso con pruebas suficientes para poder desenmascarar la trama de Apuleyo Valdés y las personas que aparecían implicadas. Al final del mensaje me avisaba que guardaría una copia de todas sus notas en algún archivo de su portátil.

Leí el mensaje y la miré defraudado.

—Ya.

—Pero para poder averiguar hasta dónde consiguió llegar Ulises, necesito conseguir su ordenador portátil.

—Ya —repetí como un yaco.

—El problema es que su ordenador y el resto de sus pertenencias están todavía en nuestro consulado en Medellín. Ya sabes, la burocracia. Hablé con el consulado y me explicaron que al no ser familiar suyo, no podían entregármelo.

—Hablaré con alguien. A ver qué consigo. No te prometo nada. Aunque me temo que tendré que viajar a Colombia si queremos rescatar esos archivos.

—Haz cuanto puedas, por favor. Estoy segura de que en algún archivo de su portátil encontraremos a la persona que ordenó el asesinato de Ulises. Y, quizás también, a la persona que ordenó matar a Valdés.

—¿Tú no crees que a Valdés le matara Arquímedes Cienfuegos?

—No. ¿Qué iba a conseguir ese tipo cargándose a Valdés? ¿Acaso tú crees que le asesinó él?

Buena pregunta. Realmente, no sabía qué pensar todavía. Y menos con dolor de cabeza. Le pedí un analgésico a Rebeca. Solícita, me trajo un sobrecito, lo abrió, lo disolvió en un vaso con agua y me bebí de un trago aquel remedio milagroso. Tres minutos después comprobé que la solución resultó infalible.

—Sin infringir el secreto profesional, puesto que tu periódico ya lo ha publicado, puedo decirte que, de momento, las investigaciones de la policía apuntan con mira telescópica hacia Arquímedes Cienfuegos. Consideran que hay móvil, testigos y pruebas que lo incriminan. Aunque él dice que es inocente. Pero, ya sabes, todos lo dicen.

—Sigo sin verlo. Ten en cuenta que Arquímedes Cienfuegos no haría nada por propia iniciativa. Hace lo que le ordena su hermana. Y ésta no habría ordenado matar a Valdés solo porque le hubiera sisado unos cuantos millones. No. Graciela Cienfuegos esperaba el informe de Ulises. Otra cosa es que Valdés, usando de tapadera a la sociedad de Esneider, hubiera trapicheado con droga. Eso sí habría irritado de verdad a tu amiguita cubana —sentenció señalándome con un dedo acusador—. Pero si la única copia del informe de Ulises se encuentra en su ordenador, tu amiguita sabe lo mismo que nosotros, porque, conociéndole como le conocía, Ulises no le habría informado de nada hasta haber conseguido toda la información y tenerla a ella delante para informarla personalmente. Por eso te digo que no veo a tu cliente haciendo picadillo a Apuleyo Valdés por orden de su hermana, solamente por el hecho de haberle birlado algún que otro millón. A tu amiguita, si algo le sobra debe ser precisamente el dinero.

—No es mi amiguita —protesté sin mucho énfasis.

—Bueno, lo que sea. Tú sabrás lo que haces, Romeo —me amonestó levemente—. Aunque no quiero que pienses que pretendo censurarte. Eres un hombre atractivo. Por cierto, esa barba descuidada de tres días no te sienta nada mal. Ni siquiera pareces abogado —bromeó—; por lo menos no eres tan serio como los demás abogados que conozco. Pero creo que pierdes el tiempo con material transoceánico, habiendo tan buena materia prima nacional.

Cierto. Cuando Rebeca se abrió el albornoz constaté que tenía razón. Hacía tiempo que no recordaba un fin de semana tan ajetreado.

Capítulo 19

Lo primero que hice el lunes por la mañana al llegar al despacho fue pedirle a Eva que me seleccionara todos aquellos expedientes que no podían esperar. Luego di orden de que no me pasara ninguna llamada durante todo el día y que se excusara con los buenos clientes diciéndoles que me encontraba fuera y que volvería en unos días.

—¿Y a los demás clientes qué les digo?

—Si me deben dinero y no tienen prisa por pagar, diles que me he muerto.

Luego apagué el móvil y me dediqué a redactar escritos pendientes, interponer recursos, formular impugnaciones y terminar demandas. El asunto Cienfuegos era un tsunami que se había introducido de forma imparable en mi vida, amenazando mi existencia personal y profesional. Sabía que este caso era prioritario, pero cuando un abogado elige trabajar solo, el resto de asuntos no pueden olvidarse, si uno no quiere terminar como Valdés, despiezado por sus propios clientes, para quienes sus asuntos son los únicos prioritarios.

Cuando horas más tarde miré el reloj, comprobé que eran las nueve de la noche. Un par de sándwiches que me subió mi secretaria constituyó mi frugal comida de aquélla agotadora jornada. Y una cajetilla de cigarrillos y cuatro *Coca-Colas* fue el único acompañamiento. Me levanté y salí de mi despacho. Eva permanecía aún en su puesto, solidarizada con su jefe. Frente a ella, «Vicius» escuchaba música de su *iPod*, siguiendo el ritmo con los pies calzados con botas militares. Cuando me vio, se quitó los auriculares.

Le estreché la mano y le pregunté qué escuchaba.

—The Distraction, una banda de Los Angeles —me contestó, entregándome los auriculares.

Los acoplé a mis oídos y escuché la descarga rabiosa de aquellos tipos californianos.

—Coño, «Vicius», qué bien suenan estos tíos. ¿Me lo habrás grabado?

—Claro, jefe. Ahí tiene su dosis —me dijo señalando un *pendrive* que había dejado encima de la mesa de mi secretaria—. Como me pidió caña para aliviar su estrés, le he incluido además a Motorhead, Supersuckers y Electric Frankenstein. Se va a cagar —me aseguró no muy finamente ante la mirada de reproche de su novia.

—No te preocupes, que mis oídos aguantan lo que le echen.

—Últimamente escucha demasiado blues, jefe; si no fuera por mí, se le oxidarían los tímpanos.

—Razón suficiente para mantenerte en tu puesto —bromeé.

—Por cierto, jefe, le he grabado también unos discos de unos colegas. Se llaman The Holdens.

—¿Y son buenos? —pregunté, pues, musicalmente, siempre fui de sonidos no patrios y nos los conocía.

—Claro, jefe. Un día se viene conmigo al local de ensayo y los ve tocar.

—Hecho —prometí.

Luego me giré hacia mi secretaria.

—Se acabó por hoy, Eva. Termina todo eso y venid por favor los dos a mi despacho.

Diez minutos después, ambos entraron intrigados.

—Necesito encargaros un trabajito. Remunerado, claro.

A «Vicius» se le iluminó la mirada.

—Cuente con nosotros. Para lo que quiera. Sea lo que sea, ya sabe —se ofreció solícito el chaval.

—Cállate, «Vicius». No seas maleducado. Deja a Dante que nos explique lo que quiere —me tuteó, porque ambos sabían que si me llamaban de usted los pondría en la calle sin indemnización. Bastantes formalismos ya nos tragamos los abogados en los tribunales.

—Se trata del caso Cienfuegos. Necesito que hagáis una cosa.

Cuando terminé mi exposición, y convencido de que habían entendido mis instrucciones, les dejé marchar en libertad provisional. Luego encendí el móvil y llamé al inspector O'Blanca.

—Amigo, tenemos que hablar. ¿Te viene bien mañana?

O'Blanca repasó su agenda y conformó.

—Pasaré a buscarte a las dos y media y nos vamos a comer.

Después llamé a Mireya Dumont y a Rodrigo Jarfe, mis ayudantes elegidos para acompañarme en la travesía Cienfuegos. Dada la hora que era, ambos recibieron sorprendidos la llamada. Y los dos recibieron la misma orden con incredulidad:

—Os quiero ver en mi casa en una hora. Comienza el baile.

Capítulo 20

Mireya y Rodrigo me esperaban en el portal, con unas pizzas que les pedí que llevaran. Subimos a mi ático y les invité a pasar.

—Primero cenaremos —ordené muerto de hambre—; luego trabajaremos un poco.

Durante la cena, los dos jóvenes me contaron ilusionados los casos que iban llegando a sus despachos. Supongo que cuando yo tenía a su edad tenía la misma ilusión que ellos. Lástima que la ilusión resulte siempre devorada por el paso inexorable del tiempo.

—Dante, ¿todavía te gusta ejercer como abogado? —me preguntó Rodrigo.

Me encendí un cigarrillo. Les ofrecí, pero ambos rehusaron. Me alegré por ellos.

—Después de quince años escuchando y resolviendo los problemas de los demás, la verdad es que no sé hacer otra cosa. Pero, ¿a quién le sigue gustando con igual intensidad lo que hace después de tanto tiempo?

—A los Rolling Stones —apuntó Mireya con una sonrisa encantadora—. Y solo llevan cincuenta años haciendo lo mismo.

Los tres nos reímos.

—Habría que preguntarse si realmente lo que le gusta es lo que hacen o las consecuencias económicas de lo que hacen. No conozco a nadie, salvo a los misioneros, que sean altruistas al cien por cien. Y, por otro lado, esta profesión, como todas, no queda a salvo de la rutina. Si os dais cuenta, todos nuestros clientes nos repiten los mismos problemas: divorcios, desahucios, impagos, incumplimientos contractuales, despidos, accidentes de circulación, malos tratos, estafas, cheques sin fondo, violaciones, asesinatos. Qué más da. Cambian sus nombres, cambian sus rostros, pero siempre es el mismo cliente. Y solo te tienen a ti. Y no puedes fallar. Y por eso estamos aquí, porque no podemos fallar. Tenemos un cliente acusado de asesinar y descuartizar a otra persona. Puede que sea culpable, lo cual nos ha de resultar indiferente. No somos profesores de ética. Nos pagan para que salga absuelto. Y eso es lo que tenemos que hacer. O, por lo menos, intentarlo. Punto y final. Así que, a trabajar.

Capítulo 21

—Antes que nada, debo deciros dos cosas, la primera es que doy por hecho que sabéis que todo lo que se hable aquí es confidencial. Recordad que el asunto está bajo secreto de sumario. Si a alguno de nosotros se nos va la lengua, y yo me incluyo, nos la cortarán. La segunda, que vuestra ayuda se gratificará. Ya me he encargado de ello. Eso sí, aunque sea vuestro primer caso de asesinato, no penséis que vais a poder cambiar de coche gracias a este asunto. ¿Conformes?

Los chicos asintieron. Mireya era alta, delgada, atlética, ojos verdes gatunos y piernas sin fin. Su cabello rubio estaba atrapado en una coleta. Decir que no era atractiva sería mentir. Llevaba ejerciendo de abogada tres años y medio por cuenta propia. Su despacho lo tenía instalado en una habitación de la casa de una hermana azafata de vuelo que paraba poco por la casa, lo que le ahorraba el pago de un alquiler. Rodrigo era más joven que ella, más bajo que ella y más gordo que ella. Decir que no era atractivo sería decir la verdad. Según nos contó, echaba una mano en la asesoría jurídica de un tío suyo.

—Bien, empecemos. Arquímedes Cienfuegos. Cubano. Mide casi dos metros y pesa una tonelada. Sería capaz de matar a un rinoceronte con sus propias manos. Fue boxeador de los pesos pesados en su país —les mostré su fotografía—. Aquí ejerció de chófer y guardaespaldas del magnate Jacobo Esneider. Su hermana, Graciela, era la esposa de Esneider. Cuando éste murió, ella heredó su imperio y se llevó en el lote a la mano derecha de Esneider, Apuleyo Valdés. Les mostré una foto del susodicho, cuando estaba vivo, recortada de una revista económica. Pues bien, a Valdés alguien se lo cargó el pasado tres de agosto en su casa de la playa. La policía lo tiene claro. Para ellos su asesino es Arquímedes. Para el Ministerio Fiscal también. Y en principio parece que no les falta razón. A nuestro amigo le vieron en el lugar de los hechos, al menos dos personas. Ambos han sido declarados testigos protegidos, así que desconocemos su identidad. Pero me consta que uno de ellos es una señora mayor que paseaba a su perro, a la que llamaremos la dama del perrito, en homenaje a Chéjov. El segundo testigo es la camarera de un bar cercano a la casa de Valdés, a la que llamaremos Cosette, en homenaje a Víctor Hugo.

Mis jóvenes ayudantes repasaron con la vista las estanterías atestadas de libros que adornaban el salón y apoyaron con una sonrisa la moción de los nombres ficticios de los dos testigos de cargo.

—Pues bien, nuestro cliente no ha declarado nada, ni en comisaría, ni en el juzgado. Fue decisión mía. Recordad que estamos ante un juicio con jurado. No os diré más de momento sobre esta cuestión.

Mientras ellos intercambiaban posibles motivos para que Arquímedes siguiera con la boca cerrada, aproveché para salir a la terraza a estirar las piernas y encenderme un cigarrillo. Le di seis caladas rápidas y entré. Mi auditorio estaba expectante. Sabía que en un caso así, el jurado también lo estaría.

—Sigamos. Según nuestro cliente, los hechos ocurrieron así. Son las siete de la mañana del tres de agosto. Arquímedes se presenta en casa de Apuleyo Valdés. Quiere darle un recado relacionado con la empresa del viejo Esneider, que ahora es de su hermana. Al parecer está defraudando a la empresa y eso no le gusta a la señora Cienfuegos. Eso sí; negaría, incluso ante Dios, que dicha visita fuera inducida por su hermana. Ha aparcado su coche a varias calles de la casa. En su trayecto se cruza con la dama del perrito e intercambian unas palabras. Llega a la casa, abre la cancela exterior, lo que es visto por la testigo, que sigue merodeando por allí con su mascota, y pasa al interior sin ser invitado. Echa un vistazo por el jardín, sube el cristal de una ventana y se cuela dentro. Después sube al segundo piso, despierta a Valdés, le golpea varias veces en la cara y el pobre hombre, muerto de miedo, se orina en el pijama y le vomita encima.

Rodrigo empezaba a palidecer.

—¿Continúo? —pregunté a mis invitados.

—Por favor —pidió Mireya.

—Acto seguido Arquímedes le pone a Valdés un alambre al cuello, comienza a apretarlo y el desgraciado se desmaya. Después nuestro cliente se marcha. Cuando llega al coche, se da cuenta de que ha perdido las llaves. Decide regresar a la casa por si se le hubieran caído mientras le daba su recado a Valdés. Pero cuando está próximo a la vivienda, se detiene. Un hombre vestido con un mono azul está saliendo de la casa. Ah, se me olvidaba. Como la casa estaba siendo reformada, Arquímedes pensó que se trataba de personal contratado por Valdés para realizar las obras. ¿Qué hace entonces nuestro cliente? Se mete en un bar cercano y pide una botella de agua.

—Que le sirve Cosette —intervino Mireya.

—Exacto. Se bebe despacio la botella de agua que le sirve Cosette, mientras espera que la persona a la que ha visto salir de la casa se aleje. Cuando se asegura de que ya se ha marchado y que ya no hay nadie más por los alrededores, entra de nuevo en la casa, siguiendo la ruta inicial, sube hasta el segundo piso, encuentra sus llaves en el suelo del dormitorio de Valdés, pero éste ya no está en la habitación. Entra en el baño, observa que hay manchas de sangre, gasas y agua oxigenada, como si aquél se hubiera curado las heridas, y presume que se ha ido de la casa sin que él se diera cuenta, ya que la casa tiene una entrada de servicio que da a una calle lateral. Decide marcharse, pero antes de irse, revisa los otros dormitorios y se lo encuentra en uno de ellos, tendido en la alfombra, sobre un charco de sangre. Le da la vuelta. Valdés tiene tres balazos en el pecho. Muerto de miedo y consciente de que le han visto merodear por la casa, decide deshacerse del cadáver. Entonces se acuerda de los obreros que están realizando las obras y busca por el jardín alguna herramienta que le sirva. La encuentra y descuartiza el cadáver. Lo mete en bolsas de basura, limpia la sangre de la casa, recoge la moqueta ensangrentada, que más tarde quemará, y arroja las bolsas con los pedacitos de Valdés a dos contenedores, la que contiene el pecho a uno y las otras tres conteniendo la cabeza, los brazos y las piernas a otro, todo ello rezando para que nadie las encuentre. Pero rezó poco o rezó al dios equivocado. Su plan se viene abajo cuando estas tres últimas bolsas son encontradas por dos operarios de limpieza.

Silencio. Ninguno de los tres abrió la boca en dos minutos.

—Joder, Dante —exclamó al fin Rodrigo, mesándose los cabellos—. ¿Cómo piensas defender esto?

—Con sentido común —respondí queriendo parecer convencido.

—Perdona, Dante —intervino Mireya—. Tu…, perdona, nuestro cliente, fue visto por dos personas y tenía, según dices, motivos, sino para matar, si para propinar a Valdés una brutal paliza. ¿Por qué no llegas a un acuerdo con la Fiscalía?

—Mireya, ¿no estarás pensado en rendirte antes de empezar la batalla?

—No, pero…

—Te comprendo. Es más, si estás pensando en ello, te daré más razones para la capitulación. Aparte de los testigos y del móvil del crimen, tenemos sus huellas dactilares por toda la casa. Y los pantalones que llevaba Arquímedes ese día fueron encontrados por la policía en el maletero de su coche. Las pruebas corroboran que hay ADN del muerto en los pantalones del vivo.

—Estoy con Mireya. Habla con la Fiscalía. Llega a un acuerdo.

—Todavía no, colegas —me opuse, aunque en mi fuero interno tenía serias dudas sobre la conveniencia de hacerlo o no.

—¿Por qué? —me preguntaron al unísono mis dos ayudantes.

—Porque es muy posible que Arquímedes Cienfuegos no le matara. No tiene sentido. Parece que Valdés era un hombre con una larga lista de enemigos que le querían bajo tierra. Y Arquímedes no era más que un mensajero para trasladarle un recado.

—¿No creerás la historia del hombre de azul? —preguntó Rodrigo.

—¿A qué te refieres?

—A la persona que Arquímedes dice que vio salir de la casa.

—Yo tampoco me creo esa historia —dijo Mireya—. Se le fue la mano y te ha contado toda esta película.

—Escuchadme con atención. En primer lugar no sabemos si ese hombre existe solamente en la imaginación de nuestro cliente o si realmente es de carne de hueso y entró en la casa una vez que se marchó Arquímedes. Y si realmente ese tipo es de carne y hueso, habrá que saber si, efectivamente, era uno de los obreros contratados por Valdés que fue a la casa a recoger alguna herramienta que necesitara para cualquier otra obra, la recogió y se marchó sin enterarse de nada más o si realmente ese tipo se presentó en la casa de Valdés para hacerle, posiblemente por encargo de alguien, tres agujeros en el pecho. ¿Me seguís, chicos?

Mis invitados asintieron con un movimiento de cabeza.

—Pues bien. En el primero de los supuestos, si además el sujeto era extranjero y no tenía sus papeles en regla, tened la certeza de que estará escondido bajo tierra, porque no querrá que la policía le involucre, aunque sea de rebote. Y en el segundo de los casos, también será difícil encontrarle, porque es probable que el tipo fuese un sicario contratado para la ocasión y a estas alturas estará fuera del país. De hecho, empiezo a sospechar que existen otras posibilidades. En todo caso, sea o no sea culpable Arquímedes, su inocencia la tenemos que buscar aquí —repuse señalando el expediente.

—Y si de las actuaciones ya se desprende sin ningún género de duda su culpabilidad —me respondió Rodrigo con terminología propia de comisaría, señalando también el expediente—, ¿qué hacemos entonces?

—En ese caso tenemos tres opciones. La primera, tratar de desvirtuar todos los indicios que le incriminen. La segunda, encender el ventilador y extender la mierda o, lo que es lo mismo, convencer al jurado de que a Apuleyo Valdés le pudo matar cualquier otra persona. Estoy en ello.

—¿Y la tercera? —quiso saber Mireya.

—Rezar para que salgan bien cualquiera de las dos primeras opciones.

Capítulo 22

Abrí la carpeta, rebusqué en los autos y les enseñé una por una las fotos de lo que quedaba de Valdés. Se nos revolvió el estómago a los tres.

—En cuanto al primer informe médico-forense que se realizó, en el mismo se dice que los restos encontrados corresponden a la cabeza, parte inferior de las piernas, los pies y los miembros superiores; las superficies de corte son compatibles con el uso de instrumento afilado; presenta golpes vitales en la cabeza, aunque no se observan lesiones de importancia en el encéfalo que puedan justificar por sí la muerte. Presenta además un surco claro de ahorcadura en el cuello, aunque parece descartarse su participación en el mecanismo de la muerte. El informe concluye indicando que el paquete laringo-traqueal y lengua no presentan lesiones macróscopicas, que el colgajo cutáneo fue cortado con un instrumento también afilado, descartando el empleo de una sierra o de un hacha.

Hice una pausa, me serví un whisky doble y me encendí un cigarrillo, ante las miradas expectantes de mis jóvenes ayudantes. Ambos me consultaron con la mirada y les permití que se tomaran unas cervezas, pues hay casos tan indigestos que necesitan un empujón para tragarlos. Aunque los dos se morían por preguntarme, les pedí que esperasen a tener todos los datos que obraban en las actuaciones.

—Sigamos —les dije, hojeando el informe de histopatología—. El encéfalo presenta una contusión superficial. Surco cervical que asciende bilateralmente hacia atrás. Tras la prueba de rayos X no se encuentra fractura en huesos de la laringe. No se han encontrado tampoco fracturas a nivel del hioides, ni de las astas superiores del tiroides. No hay lesiones a nivel de las cuerdas vocales, ni epiglotis. En definitiva, no hay hallazgos demostrativos de traumatismo cráneo encefálico, no observándose fracturas en el esqueleto laríngeo, lo que coincide con el informe radiológico, que descarta también la ausencia de signos laríngeos sugerentes de comprensión mecánica. A pesar de todo ello, y esto es significativo, el informe del Instituto de Toxicología adelanta que la causa probable de la muerte fue por politraumatismos.

—¿Por qué? —quiso saber Rodrigo.

—Porque es lo que piensa la policía —aventuró Mireya.

—Cierto. Tened en cuenta que los forenses se leen como nosotros los informes policiales. Y aunque no debería ser así, parece que en este caso se han dejado influenciar por ellos.

Mis ayudantes guardaron silencio unos minutos ante el chaparrón de datos. Decidí hacer una pausa de cinco minutos y salimos a la terraza. Esta vez sí aceptaron mis cigarrillos. Fumamos en silencio. Posiblemente los tres pensábamos lo triste que es acabar tu vida cortado en trocitos y arrojado al cubo de la basura.

Capítulo 23

—Por último, el informe de la autopsia —anuncié tras el breve descanso—. Os resumo lo más interesante: fractura de los huesos propios de la nariz, hematomas y erosiones por todo el rostro. Heridas inciso contusas en el cuello. La más posterior es oblicua ascendente de atrás hacia delante, de unos cinco centímetros y más profunda en su trayecto inferior. La otra herida, también oblicua y paralela, de cuatro centímetros de trayecto. Inferior a las anteriores se visualiza otra herida incisa de sentido horizontal, de tres centímetros. Aparece también un surco de ahorcadura, de color rojizo, sobre la región tiroidea, que asciende bilateralmente hacia atrás, que no llega a un centímetro de ancho. Y un dato importantísimo —alerté, alzando la voz—, se le detectó en músculo 3,7 gr/kg de alcohol, es decir, por encima de los 3 gramos/litros de sangre.

—Estaba borracho como una cuba —consideró Mireya.

—Para ser exactos, si no estaba en coma etílico, lo rozaba —expliqué—. Que se había pegado una buena fiesta la noche anterior no me cabe duda. También se ha encontrado presencia de cocaína en los restos hallados.

—Y a todo esto, ¿cómo murió entonces nuestro amigo? —preguntó Rodrigo, exhibiendo una fotografía de la cabeza de Valdés, que provocó un escalofrío en su compañera.

—Según Arquímedes, alguien le pegó tres tiros —recordó Mireya, enterrando la foto entre los demás documentos.

—Cierto, Mireya, pero de momento, y es lo que nos interesa, en la autopsia se dice que en los restos disponibles, cabeza y miembros, no se encuentran lesiones de carácter vital que expliquen la muerte. Según los forenses, al no existir tronco, ni abdomen, ni muslos, faltan las partes esenciales para poder determinar lesiones contusas, incisas u otras que puedan explicar el mecanismo básico de la muerte. Tampoco aparecen signos de asfixia.

—O sea...—dijo Rodrigo.

—Que hay caso —consideró triunfalmente Mireya.

Asentí.

—¿Y las muestras de ADN y las huellas dactilares? —preguntó Rodrigo.

—Vómito de la víctima en la ropa de nuestro cliente, aparte de una extensa colección de sus huellas dactilares por toda la casa —recordé.

—Y además están los testigos, la dama del perrito y Cosette —añadió Mireya con voz resignada, olvidando su triunfalismo anterior.

—Entonces está jodida la cosa, ¿o no? —preguntó decaído Rodrigo.

Les miré, sonreí y combatí su pesimismo.

—Creo que podemos ganar —y les expuse la línea de defensa que tenía pensado asumir.

Una hora más tarde, cuando el cansancio nos vencía, levanté la sesión y nos despedimos. Les había ganado para la causa.

Capítulo 24

El inspector de homicidios Saúl O'Blanca pasó a buscarme al despacho. Tan puntual como si viniera detenerme. Me despedí de mi secretaria y me marché con el policía a un restaurante mexicano. A O'Blanca siempre le ha encantado la comida picante. A mí no, pero necesitaba hablar con él. Nos trajeron unos tequilas y unos entrantes mientras esperábamos la comida.

—Supongo que quieres desistir de nuestra apuesta, camarada —soltó de primeras el policía después de darle al tequila—. No tengo inconveniente. Reconozco que esta vez el envite era demasiado jodido, incluso para un cabrón tan listo como tú.

Antes de contestarle, me bebí mi tequila. Pedí otros dos.

—La verdad es que no era ésa mi intención, pero ya que sacas el asunto a colación, no tengo inconveniente en doblar la apuesta.

O'Blanca se rio con ganas, se le fue un jalapeño por mal lugar y comenzó a toser como un descosido. Pidió agua, se bebió media botella de un trago y entre lágrimas me dijo que estaba chalado. Luego, naturalmente, aceptó la nueva apuesta, formalmente documentada en una servilleta de papel, mientras dábamos cuenta de nuestras viandas. Cuando nos trajeron el café, le pedí información.

—¿Qué sabes de Apuleyo Valdés que no me hayas contado y que me puedas contar?

El policía siguió removiendo el café como si no hubiera escuchado la pregunta. Lo probó, chasqueó la lengua y le echó un poco más de azúcar.

—Estoy convencido de que Cienfuegos, tu amigo, se lo cargó.

—O'Blanca, Cienfuegos no es mi amigo, es mi cliente. Y eso ya me lo has contado. Dime algo nuevo para variar.

Me miró con rostro serio. Bebió dos tragos de café. Dejó la taza, se atusó el bigote y se rascó la entrepierna cuando vio pasar a una chamaquita linda llevando una bandeja repleta de platos vacíos.

—Como sé que más pronto que tarde te enterarás, y ya que no afecta al sumario que nos traemos entre manos, puedo decirte que a Valdés le estaba investigando el Grupo de Delitos Económicos. Le tenían enfilado. Evasión de capitales. Y también le investigaban los de la *UDYCO*. En realidad, volvían a investigarle. Ya lo hicieron hace diez años, antes salir de su tierra y venir a nuestra querida ciudad para convertirse en mano derecha de Esneider. Entonces dirigía las empresas de una familia cuyos miembros trafican con droga desde la cuna, pero nada se pudo probar. Alguien le dio el chivatazo y cambió de aires antes de que lo engancharan mis compañeros. Y, ahora, según me han contando, también había sospechas de operaciones de narcotráfico. Por orden judicial, se le interceptaron sus teléfonos, pero, al igual que entonces, no apareció nada y el juez archivó las actuaciones.

Suspiré. A veces la policía era muy dada a las intervenciones prospectivas, sin más fundamento que la mera intuición. Pero no tenía ganas de discutir otra vez con O'Blanca sobre ese asunto. Así que pedí dos copas de mezcal, porque el tequila se me quedaba corto.

—¿Has escuchado las cintas?

—¿Y por qué habría de hacerlo? —me respondió a la defensiva.

—Porque es posible que algún sospechoso pudiera aparecer en ellas.

—No me jodas, Dante. No le des más vueltas. Las cintas fueron destruidas antes de que muriera Valdés. Y yo ya tengo a mi asesino. ¿Qué coño tengo que buscar más?

—O'Blanca, la cuestión no es buscar más, sino buscar mejor. Y tu asesino no es Arquímedes Cienfuegos.

Mi amigo no me contestó. Nos ventilamos el mezcal, pagué la cuenta y salimos del restaurante. Nos encendimos unos cigarrillos y el policía se ofreció a llevarme al despacho, pero decliné la oferta. Prefería andar. Necesitaba estar solo y pensar, así que nos despedimos y O'Blanca se alejó con su andar cansino, dejando a sus espaldas el tufo de sus apestosos cigarrillos sin filtro. Cuando le perdí de vista, me puse en movimiento. O'Blanca me ocultaba algo, pensé sombrío mientras me dirigía al despacho.

Capítulo 25

Aterricé por el despacho media hora más tarde. El despacho estaba silencioso. Supuestamente, Eva estaría en compañía de «Vicius» cumpliendo mi encargo. Leí las notificaciones que mi secretaria me dejó ordenadas sobre mi mesa, redacté algunos escritos hasta que me dieron las siete de la tarde y se los dejé preparados para que los enviara a los procuradores al día siguiente. Luego consulté mi agenda. Tres días sin juicios, ni declaraciones. No me lo pensé. Reservé para esa misma noche un billete de avión y llamé a Bogotá. Una voz conocida, que no escuchaba desde hacía tiempo, me respondió como un trueno.

—¡*Aló*! ¿Quién llama?

—Al habla Dante Oliver, tu abogado preferido.

Tras unos segundos de silencio, explotó la risa sincera de John Jairo Calderón.

—Cuánto tiempo sin saber de usted.

—Mucho —aseguré.

—¿Qué puedo hacer por usted, doctor? —me preguntó con tono serio.

—Devolverme un favor.

—No se preocupe. ¿Qué quiere que haga, pues?

—De momento, quiero que mañana vayas a Medellín. Espérame allí. Mañana nos veremos. Busca un buen hotel y alquila un buen carro, pero no te pases, que te conozco.

—Qué malparido —le escuché decir antes de colgar.

Escribí una apresurada nota a mi secretaria informándole de mi improvisada partida, con el ruego de que ante cualquier urgencia llamase a mi compañero Jeremías Felice, un buen compañero y mejor amigo, que supliría con eficacia mi ausencia obligada por las circunstancias. Apagué el ordenador y las luces de la oficina, y me fui a casa. Tenía el tiempo justo para hacer la maleta y tomar un taxi que me llevara al aeropuerto. Desde allí llamaría a Rebeca Spinoza para informarle que me marchaba a Medellín para tratar de recuperar los archivos perdidos de Ulises Santos.

Capítulo 26

Siete años atrás, John Jairo Calderón fue enviado por su periódico de Bogotá como corresponsal a Madrid. Con él vino su esposa, Paola, una hermosura de Santa Marta que le sacaba una cabeza, y su hijo Edgar, que entonces tendría unos dieciséis años. En una fiesta de la embajada de Colombia, a la que fui invitado no recuerdo por quién, conocí a John Jairo. Charlamos, nos caímos bien y desde entonces nos encontrábamos de vez en cuando para comer o tomar una copa. Y una noche me llamó muerto de miedo. La policía apareció en su casa y se llevó detenido a su hijo Edgar. Estaba acusado de un delito contra la salud pública. En el aeropuerto de Barajas los perros de la Guardia Civil habían detectado un paquete que presumiblemente contenía cocaína. El remitente era colombiano. El destinatario formal era el hijo de Calderón. Los agentes punzaron el paquete y aplicaron el *narcotest*. El resultado obtenido confirmó el buen olfato de los canes. Sin esperar la preceptiva presencia judicial, se abrió parcialmente el paquete, apareciendo en su interior una bolsa con cocaína. Posteriormente acudió el juez de guardia acompañado de su séquito, ordenó la apertura del paquete y se volvió a practicar el *narcotest*. Dio positivo. Se pesó la mercancía. Setecientos gramos de coca. Pureza del 85%. Un buen regalo de navidad para una nariz golosa.

Junto a su padre, acudí esa noche al *GRUME* para asistir al chico en su exploración.

—Doctor, yo no sabía lo que venía en el paquete —me aseguró antes de preguntarle siquiera. Luego, preocupado, me preguntó por sus padres.

—Lo primero, no me llames doctor —le indiqué tomando asiento junto a él—. ¿O es que se te olvidó mi nombre?

—Disculpe, Dante.

—Mejor así. Y lo segundo, tus padres están fuera, muertos del susto.

Edgar asintió con los ojos llorosos. Le temblaban las manos. No era para menos.

—¿Qué pasó entonces?

—Un compañero del instituto me dijo que su familia estaba de mudanza y que le hiciera el favor de recibir un paquete que le enviaban de Colombia, no fuera a extraviarse. Así que le di nuestra dirección.

—¿Es cierto eso?

—Se lo juro.

—¿Cómo se llama tu amigo, quiero decir tu enemigo?

—César Humberto.

—¿Su apellido?

—Márquez.

—¿Conoces su dirección?

—No me acuerdo exactamente del nombre de la calle. Puedo averiguarlo. Pero en el instituto han de saberlo.

—¿Le habías visto alguna vez trapichear con droga?

—No.

—No me mientas.

—Bueno, alguna vez le había visto pasar chocolate. Nunca coca.

—¿Tomas drogas, Edgar?

—Alguna vez fumé de algún porro, no más.

—Bien.

—¿Y el nombre del remitente te dice algo, le conoces? Un tal William Perea —le informé tal consultar mis notas.

—No.

—¿Qué me va a pasar? —me preguntó con un hilo de voz.

—Posiblemente te llevarán a la silla eléctrica.

El rostro del muchacho se tornó lívido.

—Tranquilo, Edgar, en este país no hay ese tipo de sillas —le tranquilicé con una sonrisa—. Aunque ya tienes edad suficiente para saber en quién debes confiar y en quién no. De momento, limítate a contar en tu declaración lo que me acabas de decir.

Y así lo hizo el chico. La policía se marchó entonces a buscar al travieso compañero de instituto. Le localizaron junto a unos amigos en un parque cercano a su casa y lo trajeron a las dependencias policiales, acompañado de su madre. Altanero, con pinta resabiada, parecía que le llevaban de excursión al zoológico en lugar de traerle detenido a una comisaría de policía. Probablemente, porque no era la primera vez que acudía por allí.

—¿Es ése el gonorrea que ha engañado a mi hijo? —me preguntó John Jairo, cerrando los puños con tal violencia que parecía que se le iban a desencajar los nudillos.

—Eso parece. Vamos a esperar a que llamen a algún compañero o a alguna compañera del turno de oficio para que le asista y escuchemos qué tiene que decir antes de conjeturar nada.

—Dante, estoy berraco. Si me dejaran a solas un rato con él...

—Jairo, cálmate —pedí a mi amigo.

—¿Y por qué debo calmarme? —se encaró conmigo.

—Tal vez porque tu hijo sea tan culpable como su amigo —respondí sincero.

Jairo se dio la vuelta y se alejó unos metros de mí, como si mis palabras le hubieran transmitido una descarga eléctrica de mil voltios.

Capítulo 27

Dos horas después, bien consumida ya la madrugada, apareció Elsa Doménech, la abogada de oficio. La conocía de mi etapa en el turno de oficio. Y también de mi etapa prematrimonial.

—Hola, Dante —saludó, dándome un cariñoso beso en la mejilla—. ¡Qué sorpresa! Tú por aquí, después de tanto tiempo.

—Me aburría en casa —repuse con sorna.

—Joder, si te aburres, llámame alguna noche. Para ti siempre estoy de guardia.

Ambos nos reímos. Si no la llamaba se debía al hecho de que su vigente marido era juez de vigilancia penitenciaria y yo no quería líos de jurisdicción.

—¿Te cuento de qué va la historia? —propuse.

—Sí, vamos a tomar un maravilloso café de máquina y me pones al día antes de entrar.

Informé a la compañera de lo que sabía y le dije que esperaba fuera. Cuarenta minutos más tarde, salía con cara de pocos amigos.

—Pasan a los dos chicos a la Fiscalía mañana por la mañana. A las doce de la mañana. Joder, si ya son seis —se quejó tras consultar su reloj.

—Mierda —exclamé—. ¿El mío también? Esperaba que lo pusieran en libertad y que le citaran más adelante.

—Sí, pero no temas. Mi chico ha dicho que el tuyo no conocía el contenido del paquete. Además mi angelito tiene una lista de expedientes abiertos que da vértigo. Supongo que mañana la Fiscalía pondrá en la calle al tuyo y me internará al mío. Ya sabes, si tuvieran dieciocho, iban los dos para adentro.

—No lo dudes.

—Dante…

—¿Qué?

—¿Y si nos quedamos a dormir en el hotel nuevo que está aquí al lado?

Suspiré. Después me reí.

—Elsa, contigo nunca se duerme —respondí—. Pero tomo nota en la agenda.

—Hazlo —me sugirió ella.

Me despedí de mi colega con un beso fraternal, informé a mis amigos de la suerte de su hijo y quedamos en vernos en la Fiscalía de Menores. Seis horas más tarde, Edgar repitió su historia. César Humberto también. El fiscal regañó a mi cliente por su ingenuidad, pero no interesó su internamiento en un centro de menores, aunque acordó su libertad vigilada hasta la celebración del juicio. El otro pájaro fue directo a la jaula tras celebrar la preceptiva comparecencia ante la jueza de menores que estaba de guardia.

—Adiós, Dante, me voy al despacho a redactar el recurso —me dijo Elsa Doménech saliendo a la carrera—. Nos vemos en el juicio, o antes si te aburres.

El juicio se celebró unos meses más tarde. Mi colega y yo pedimos la nulidad de la diligencia de apertura del paquete. No coló. Pero Edgar salió absuelto, porque no quedó acreditado que conociera su contenido. César Humberto asumió la responsabilidad en solitario. Por lo menos fue honesto, aunque fuera a destiempo, pero fue condenado a pasar unos años en un centro de menores. El fiscal no recurrió la absolución de Edgar. Elsa sí apeló la condena de su cliente, aunque tampoco tuvo suerte, a pesar de que la primera apertura del paquete era nula de solemnidad. Así lo creíamos los dos. Pero en esta profesión más vale no creer en nada.

—Se ha hecho justicia —me dijo John Jairo cuando le comuniqué la sentencia.

—Sí, amigo —respondí, aunque, a día de hoy, sigo sin estar convencido de que los dos muchachos no fueran compinches de la misma correría. Pero eso, ¿a quién le importa después de tantos años?

Capítulo 28

Puesto que era un viaje de trabajo y pagaba la señora Cienfuegos, Graciela para los amigos, opté por volar en primera clase. Pese a mis peores temores, el avión solo despegó con media hora de retraso. Cené tranquilamente y después me leí un par de periódicos del día, cuyas noticias ya habían sido superadas por el paso del tiempo, mientras mis mandíbulas se entretenían masticando un asqueroso chicle de nicotina con el que pretendía aliviar mi inconsolable síndrome de abstinencia. Cuando terminé de repasar las noticias, me deshice del sucedáneo de cigarrillo y pedí una copa de vino blanco. Saqué las notas que llevaba en mi maletín y repasé de nuevo el asunto de Arquímedes Cienfuegos. El juicio se acercaba y, contrariamente a lo que consideraba mi amigo O'Blanca, yo pensaba que el círculo de sospechosos se ampliaba en lugar de estrecharse, aunque de momento solamente el cubano optaba al premio gordo. Un rato después, demasiado cansado para seguir construyendo hipótesis, me quité los zapatos, conecté el MP3, me coloqué los auriculares, cerré los ojos y me dejé mecer por la música eterna de B.B. King hasta quedarme dormido. Cuando me desperté el avión estaba aterrizando en el aeropuerto internacional El Dorado de Bogotá.

Como después de pasar los controles de inmigración aún me quedaba esperar cuarenta minutos para el vuelo a Medellín, me tomé un café y salí fuera de la terminal a fumar un par de cigarrillos. Rodeado de toxicómanos del humo como yo, encendí el móvil y envié un mensaje a John Jairo, confirmándole que llegaría puntual. Una hora y cuarenta minutos después, tras un vuelo con demasiadas turbulencias, aterrizaba en el aeropuerto José

María Córdova. Fuera, apoyado en el capó de un *Toyota* alquilado, me esperaba John Jairo Calderón. No demasiado alto, algo barrigón, con una sonrisa de oreja a oreja, seguía con el pelo tan tupido como una alfombra persa. No había cambiado apenas en estos años. Nos dimos un fuerte abrazo.

—¡*Quiubo*! Dichosos los ojos. Estás estupendo, *guevón*.

—Se hace lo que se puede —le respondí.

—¿Y tú?

—Aquí en la lucha, moliendo duro, ya sabes.

—¿Y tu esposa? —le pregunté.

—Igual de linda que el día que la conocí —me sonrió complacido.

—¿Y tu hijo?

—Muy bien.

—Me alegro.

—Y gracias a ti, no lo olvido, abogado —me contestó con la mirada empañada.

—No hay de qué.

—¿Y tu esposa? —quiso saber.

—Me dejó —contesté mostrándole la ausencia de anillo, que confirmaba el divorcio acontecido, aunque no le mencioné el resto. Otro día, quizá.

—Vaya, lo siento. Jodido vivir con una fiscal, ¿no?

—Ni te lo imaginas. Hay que tener siempre a mano un escrito de defensa.

Ambos nos reímos de buena gana de mi mala fortuna y me dio unas palmadas en la espalda.

—Está bien, listo pues, Dante. En marcha.

Enfilamos desde el aeropuerto hasta el hotel conseguido por mi amigo. Una fina lluvia nos acompañó durante el trayecto hasta que cincuenta minutos más tarde arribamos al hotel. Como Jairo ya había reservado dos habitaciones, subí a la mía para dejar el poco equipaje que llevaba, darme una ducha y cambiarme de ropa. Cuarenta y cinco minutos más tarde, nos encontrábamos en un restaurante tomándonos unas *Club Colombia* bien frías, mientras esperábamos que nos trajeran unos pescados a la plancha acompañados de frijoles y arroz blanco con sabor a coco.

—¿Y bien, amigo? —me preguntó el periodista después de que nos sirvieran la segunda ronda de cervezas—. Supongo que no me has citado aquí solo para verme.

—Tienes razón. Necesito que me eches una mano.

—Chévere.

Esperé que la camarera nos sirviera la comida. Cuando se alejó, la seguí con la mirada.

—Va a ser cierto que las mujeres más lindas del país son las de la ciudad de Medellín —expresé sincero.

—Tan mujeriego como siempre. Nunca cambiarás —me amonestó Jairo.

—Me casé para dejar de serlo. Y ya ves. No dio resultado.

—¿Qué necesitas de mí? —quiso saber el periodista.

—Algo que se encuentra en el consulado de España, aquí en Medellín. Pero primero quiero que me informes de todo lo que sepas del asesinato hace un mes de un periodista español llamado Ulises Santos.

Ante su mirada inquisitiva, le narré el motivo de mi viaje mientras cenábamos. Cuando terminamos, nos marchamos a tomar una copa. Es el mejor remedio para aliviar el inevitable cambio horario. Había dejado de llover y no hacía demasiado calor, así que caminamos hasta dar con un local poco llamativo con medio aforo de parroquianos que bebían cerveza mientras miraban hipnotizados en el televisor un partido de fútbol. *Medellín* perdía uno a cero con *América de Cali*.

Una camarera, más guapa aún que la del restaurante donde cenamos, nos trajo una botella de ron añejo, una cubitera y unos vasos. Rechazamos los refrescos adjuntos y nos servimos el ron con un par de cubitos de hielo. De nuevo mis ojos persiguieron a la muchacha cuando se alejó hacia la barra.

—Dante, deberías casarte otra vez. Y, a ser posible, con una paisana. A lo mejor así asentabas la cabeza de una vez —me propuso John Jairo.

Sonreí y brindamos por su oferta, pero la rechacé sin dudar.

—Demasiado bravas para mí —contesté, pues ya conocía el percal.

—¿Cómo es eso?

—Antes de casarme viví en pecado con un bombón de Bucaramanga. Le llevé su divorcio y una cosa llevó a la otra.

El colombiano se hartó a reír. Las lágrimas le caían en cascada. Cuando se le pasó el ataque, me reprendió:

—Dante, ¿a quién se le ocurre liarte con una nacida en la provincia de Santander? Todos saben que son las más fieras del planeta. Búscate una de Cali o de Medellín, son igual de hermosas y más apaciguadas.

Negué una vez más. Si me lo volvía a proponer de nuevo, me vería obligado a negar las mismas veces que San Pedro. Así que bebimos un rato en silencio, siguiendo las imágenes del partido. Cuando llegó el final de la primera parte, retomamos el hilo.

—En cuanto a tu encargo, supongo que puede hacerse. Mañana me dejaré caer por el consulado. Con la excusa de la muerte de Santos, concertaré una entrevista con algún jerifalte del consulado. Luego veré cómo puedo obtener la información que necesitas. Pero necesitaré plata —me dijo—. Ya sabes, aquí todos estamos en venta.

—No hay problema por eso —repuse, pero Calderón no escuchó mi respuesta, ahogada por el griterío de los parroquianos. *Medellín* había empatado el partido y nosotros nos fuimos de rumba hasta el amanecer.

Capítulo 29

Al día siguiente, a media mañana, bajé a recepción. Calderón me había dejado un sobre marrón y el aviso de que volvería en un par de horas. Abrí el sobre. Varios recortes de prensa recogían de forma telegráfica el asesinato de Ulises Santos. No había pistas sobre el móvil de su muerte, ni sobre sus autores. Información aséptica sobre una muerte más en una ciudad donde la vida valía los mismos pocos pesos que los que percibía el sicario por ejecutar el encargo. Me guardé los recortes en el bolsillo y aproveché para dar un paseo que me sirviera para eliminar toxinas. Tomé un taxi hasta el teleférico y ascendí hasta la Biblioteca España, divisando desde las alturas el laberinto de calles de las comunas. Si había alguna ciudad peligrosa en el mundo, Medellín estaba entre ellas, pensé rememorando *La Virgen de los sicarios*, leída no hacía mucho tiempo, aunque en ese instante me pareció que ya había transcurrido una eternidad de ello. Cuando regresé al hotel, el periodista me esperaba en el bar de la piscina. Me vio y me guiñó un ojo.

—No tienes mala cara; se te pasó el *guayabo* por lo que veo.

Asentí parapetado tras mis gafas de sol y pedimos unas cervezas a una simpática camarera y con carne suficiente para ser donante, mientras observábamos a algunos huéspedes, todos extranjeros y acariciando el medio siglo, bañarse en la piscina.

—Ten —me dijo, y me entregó un *pendrive* y el sobre que le entregué el día anterior con el dinero, aunque ahora el sobre estaba menos abultado—. Están grabados todos los archivos del computador. Y me sobró millón y pico de pesos. Mi colaborador en el consulado aceptó mi segunda oferta, desconociendo que le hubiera entregado toda la plata que me diste por la información.

—Quédatelo y hazle un bonito regalo a Paola.

—Como gustes. Pero esto no lo hice por dinero, ya lo sabes. Te debía ésta y cualquier otra que me pidas. Sin ti, mi hijo hubiera descarrilado. Y era un niño. Siempre estaremos en deuda contigo. Además, Ulises Santos, aunque fuera español, era compañero de profesión. Eso no se me olvida, y menos viviendo en un país donde la vida de los periodistas vale tan poco.

—Lo sé.

Me encendí un cigarrillo y pedí otras dos cervezas. Esta vez atendió el reclamo un camarero bajito y enclenque.

—¿Cómo lo conseguiste? —le pregunté cuando se fue el mesero.

—En todos sitios encuentras a alguien que te colabora por una buena causa. Y un montón de pesos siempre es una buena causa para muchos. Lo importante es que te sirva.

—Espero que sí —respondí, aunque no estaba demasiado convencido. Al fin y al cabo, no era sino una pieza más de aquel enloquecedor rompecabezas.

Mis elucubraciones se vieron interrumpidas por una atronadora melodía de *reggaeton*.

—Es mi celular. Dichosa musiquita. La instaló ayer mi hijo y ahora no sé cómo botarla —se disculpó Calderón.

—Joder, Jairo, por poco me da un infarto.

El periodista se disculpó y atendió la llamada. Cabeceó dos veces, dijo que sí y se despidió de su interlocutor.

—Bueno, Dante, me regreso de inmediato para Bogotá. Me reclaman de la redacción. La próxima vez que vengas por nuestra tierra déjate caer por Bogotá. Y antes de marcharte no dejes de llamar a casa y saludas a Paola y a Edgar. Te deseo suerte con tu caso. Si ganas, te dedicaré un artículo —me ofreció con una sonrisa cómplice.

—¿Y si pierdo?

—Tú nunca pierdes, pendejo.

Capítulo 30

Tras dejar pagada en recepción mi estancia y la de mi amigo, subí a mi habitación. Encendí el ordenador portátil y conecté el *pendrive*. Comprobé que efectivamente se habían grabado multitud de archivos, así que hice una copia de seguridad que guardé en el propio ordenador y me guardé el *pendrive* en un bolsillo del pantalón. Luego llamé al servicio de habitaciones para que me subieran algo de comer. Me encendí un cigarrillo y comencé a hacer el equipaje, pero interrumpí la tarea cuando sonó mi móvil. Era Rebeca Spinoza.

—Hola, Dante. Necesito verte. Estoy asustada.

—Rebeca, ¿qué ha pasado? —pregunté alarmado, aplastando el pitillo en un enorme cenicero metálico, que solamente lo llenaría un congreso de fumadores.

—Esta mañana alguien me llamó al móvil. Número oculto. Parece que a alguien no le gusta que investigue el asesinato de Ulises. Me recomendó que me tomase unas vacaciones. Además…

—Además, ¿qué?

—Creo que me están siguiendo.

—¿Estás segura?

—Dante, joder, no estoy segura; si lo estuviese avisaría a la policía. Pero siento que es así.

—Está bien. Cogeré el avión que sale esta noche. Iré directo del aeropuerto a tu casa.

—Si no estoy cuando llegues, hay una llave debajo del felpudo. Espérame dentro.

—Rebeca…

—¿Qué?

—Tengo los archivos de Ulises.

—¿Tienes sus archivos? —me preguntó incrédula.

—Lo que oyes.

—¿Los has leído?

—No he tenido tiempo. Los leeremos cuando llegue.

—Muy bien. Ten cuidado.

—Lo tendré, no te preocupes. Tú también.

—Dante…

—¿Qué?

—Gracias.

Iba a contestar, pero ya no había comunicación. Me senté en el borde de la cama. Saqué del bolsillo el *pendrive* y lo miré fijamente, como el arúspice que ausculta su bola de cristal intentando pronosticar el futuro. Estaba pensando qué podría haber descubierto Ulises Santos en su visita a Medellín, cuando alguien golpeó la puerta. Me levanté y fui a abrir. Era un botones que me traía un par de sándwiches y una cerveza. Me hice a un lado para dejarle pasar. El muchacho pasó por delante de mí. En ese momento me di cuenta que aquel tipo no venía a traerme la comida, sino a matarme.

Capítulo 31

Siempre odié los uniformes. Por esa razón no soy cura, ni policía, ni bombero, entre otras dignas profesiones. Pero eso no impidió que en mi juventud me tocara hacer el servicio militar y que me pasara un largo año disfrazado de guerrero. Por suerte, aunque entonces no lo sabía, el hecho de que mi destino fuera la infantería de marina y aprendiera lo que aprendí, fue lo que me salvó la vida aquella mañana. Cuando el botones me dio la espalda, pude apreciar que en la parte trasera de su pantalón asomaba la culata de una pistola. Descartada, lógicamente, la posibilidad de que en aquel hotel los empleados pudieran ir armados por si el huésped se negaba a abonar la cuenta, solamente restaba pensar horrorizado que aquel muchacho uniformado traía otro encargo distinto al solicitado al servicio de habitaciones. El sicario dejó la bandeja sobre la mesa y se giró despacio con una sonrisa. Muerto de miedo, le estampé el pesado cenicero en el rostro. Atontado por el golpe y sangrando por la nariz, trató de sacar el arma, pero no le dio tiempo, porque le aticé un puñetazo directo a la nuez. Viejo truco que me enseñó el sargento Gutiérrez. El sicario cayó al suelo como un saco de cemento, derribando con estrépito la bandeja. Me acerqué al muchacho y le quité el arma. No tendría más de veinte años. Su respiración, entrecortada, producía un ruido sordo, como el de un viejo coche diesel al ralentí. Yo, sin embargo, respiraba a borbotones, mientras sentía el corazón desbocado. Me prometí reducir la nicotina y aumentar mis visitas al gimnasio, como hacía de forma inútil cada que vez que empezaba un nuevo año. Una risa nerviosa me entró de repente. Recogí mis cosas, me asome cauteloso al pasillo, comprobé que no había nadie y tomé el ascensor. Cuando descendí al hall, salí despacio, miré a todos los lados y me fui sin despedirme. Ya en la calle, respiré hondo, y abordé el último taxi de la fila, porque era el más cercano a la puerta, y me introduje en el asiento trasero sin preguntar. El conductor, un tipo con mirada de besugo muerto, me miró por el espejo retrovisor y me dijo que me bajara y que tomara el primero de la fila, que no quería altercados con los otros compañeros. Le enseñé unos cuantos billetes y se los agité delante de su cara abotagada. Entonces sus ojos recobraron de golpe la vida ausente y, olvidando su proclamado compañerismo, arrancó el coche y salió quemando la goma de los neumáticos entre los justificados improperios de sus colegas.

Capítulo 32

Llegué al aeropuerto de Medellín a tiempo de tomar el primer vuelo hacia Bogotá. En cuanto tomé tierra en la capital llamé a Calderón para participarle lo sucedido y pedirle que hiciera averiguaciones sobre los hechos acaecidos en el hotel. Tras media hora de ansiosa espera me devolvió la llamada.

—No temas, llamé al hotel con la excusa de haberme olvidado una agenda en mi habitación y aproveché para platicar con la recepcionista. No noté nada extraño. Luego llamé a un conocido que trabaja en el servicio de Urgencias y me dijo que no habían recibido ninguna llamada del hotel. Se ve que tu amigo se espabiló y se marchó por su propio pie.

Suspiré aliviado. Le di las gracias a Calderón por buscarme un hotel tan acogedor y me refugié un par de horas en la sala VIP del aeropuerto, parapetado tras una elegante revista de modas y escapándome cada quince minutos al cuarto de baño para fumar a escondidas, como si fuese un colegial travieso. Tras beberme un par de whiskys para amansar los nervios desatados, por fin pude subirme al avión con destino a Madrid.

El viaje fue tan tormentoso fuera del avión, como dentro de mi cabeza. Alguien estaba demasiado interesado en que el asesinato del periodista Ulises Santos quedara tan enterrado como el propio muerto. La cuestión que me preocupaba realmente era que ese «alguien» conociera de antemano mi llegada a Medellín, lo que significaba que mi teléfono estaba pinchado o que lo estaba el de Rebeca Spinoza. O los dos. Pues nadie más que nosotros dos conocía mi viaje. Aunque también cabía la posibilidad de que ese «alguien» hubiera entrado en mi despacho y leído la nota que le dejé a mi secretaria. En cualquier caso, pensé preocupado, si habían intentado eliminarme, parecía obvio que también lo intentaran con Rebeca. Pero nada podía hacer de momento, porque me separaba un océano de ella.

Capítulo 33

Como no tenía equipaje facturado, pude salir del aeropuerto de Barajas veinte minutos después de que el avión aterrizase. Tomé un taxi, conecté el móvil y llamé a Rebeca mientras me dirigía a su casa. Su teléfono sonó hasta que saltó el contestador. Apremié al taxista. Ante mi mirada preocupada, éste aceleró obediente sin abrir la boca. Cuarenta minutos más tarde me detenía en el portal de la casa de Rebeca. Pagué, dejé una generosa propina al silencioso taxista por la rápida travesía y me encaminé a la casa. Saludé al portero, que leía el *Marca* al tiempo que rellenaba una quiniela de fútbol, y le pregunté si Rebeca estaba en casa. El cancerbero levantó la mirada, se encogió de hombros molesto por la interrupción y siguió concentrado en sus asuntos. Me cagué mentalmente en sus muertos, dejé la pequeña maleta allí aparcada y subí a la carrera los tres pisos. Llamé seis veces al timbre, pero Rebeca no abrió la puerta. Volteé el felpudo. La llave estaba adherida con cinta aislante. La despegué y abrí la puerta con un nudo en el estómago. La casa estaba en penumbra. Entré. Una sombra me rozó la pierna. Tanteé en busca del interruptor del pasillo. Lo encontré y lo pulsé con mano temblorosa. *Caifás*, el perro carlino, se enroscó en mis piernas. Lo tomé en brazos. Tenía las patas manchadas de algo pegajoso. Avancé hacia el salón. Las huellas del perro conducían hasta el baño. Lo seguí sin soltar al perro, como si el pobre animal pudiera servirme de escudo ante una posible agresión. Empujé la puerta y encendí la luz. Rebeca Spinoza se encontraba desnuda en la bañera. El agua estaba teñida de rojo y ella tenía dos cortes profundos en las muñecas, uno de las cuales había goteado hasta hacer un charco de sangre en el suelo. Salí del baño para no contaminar la escena del crimen. Ni siquiera me atreví a tocar el cuerpo de Rebeca. Llamé al inspector O´Blanca. Exhausto como el boxeador al que le falta el aire en el décimo asalto, me dejé caer sobre el sofá. Saqué el paquete de tabaco y me fumé medio antes de que el policía llegara. Las colillas apagadas me las eché al bolsillo. No quería que mi ADN entorpeciera la investigación. El policía llegó veinte minutos más tarde, me saludó con un frío gesto de cabeza y siguió el rastro de la sangre dejado por las huellas del perro. Salió dos minutos después. Luego hizo las llamadas pertinentes, pero ni siquiera le escuché. También yo me sentía muerto.

Cuando el equipo de O´Blanca llegó al piso de Rebeca, mi amigo llamó al juzgado de guardia, me cogió del brazo y me hizo salir de la casa. Estábamos en el pasillo, esperando el ascensor, cuando le dije al policía que esperara un momento. Me di la vuelta y regresé al piso. Salí en dos minutos con el perro atado a su correa. Le había limpiado las patas y cogido su colchoneta y alguno de sus juguetes, que encontré desparramados por el dormitorio de Rebeca, aunque tal acción me valió la lógica, pero inhumana, reprimenda de uno de los policías que velaban las posibles pruebas del delito.

—Nunca conocí un perro tan huérfano como éste —le dije a mi amigo cuando me reuní con él.

—Vamos. Te llevo a casa. Necesitas una copa. Y, si no te importa, me cuentas qué cojones está pasando aquí.

Cuando me vio en el portal recoger la maleta, el policía me preguntó si iba o si venía.

—Ojalá nunca me hubiera ido —le respondí hundido.

Capítulo 34

Entramos en mi casa. Olía a cerrado. O quizá no. Pero el olor de la muerte se me había pegado al alma. Abrí todas las ventanas, como si pudiera conseguir de ese modo airear toda la mierda que me estaba ahogando. Solo habían pasado tres días desde que me marchara y tenía la sensación de que me había ido hacía cinco años. El cansancio, el aturdimiento y el dolor me tenían aplastado. Y, por encima de todo, el sentimiento de culpa por no impedir la muerte de Rebeca. Serví un par de whiskys con hielo y nos los bebimos mientras fumábamos en silencio. *Caifás* dormía profundamente, después de haberse zampado dos hamburguesas que descongelé para él.

—¿Y bien? —me preguntó por fin O'Blanca.

Serví otras dos copas. Bebí un largo trago y me encendí otro cigarrillo, como si con ese ritual pudiera eliminar los aciagos recuerdos.

—Rebeca Spinoza no se ha suicidado. Hablé con ella ayer. Estaba asustada. Me dijo que la estaban siguiendo.

—¿Entonces?

—Alguien la asesinó —y le conté lo que la periodista había averiguado sobre los pestilentes negocios de Apuleyo Valdés, aunque me callé el hecho de que tuviera en mi poder los archivos del ordenador de Ulises Santos y el desagradable episodio del matarife contratado para liquidarme. Antes de sincerarme totalmente con O'Blanca debía leer la información que Ulises Santos había dejado como legado a Rebeca. Ahora yo era su depositario. Después le informaría a él.

—¿Y tu viaje tiene alguna relación con todo esto?

—No. Fui a ver un amigo.

—Ya. En fin, tú sabrás. Confío en ti, aunque no sé muy bien qué juegos te traes entre manos, pero tendrás que pasarte por comisaría para prestar declaración. Al fin y al cabo, tú descubriste el cuerpo sin vida de la chica.

—No hay problema. Mañana pasaré.

—Hazlo o te pondré en busca y captura.

—No lo dudo.

Acompañé al inspector hasta la puerta.

—Cuídate —me dijo.

En sus ojos había preocupación. O temor. O las dos cosas.

No contesté. Cerré la puerta y rememoré abrumado que la misma petición me había hecho Rebeca Spinoza antes de morir.

Capítulo 35

Me di una ducha caliente. Luego comprobé las llamadas perdidas y los mensajes que tenía en el móvil, contesté los que consideré preferentes y avisé a mi secretaría de mi regreso y de que al día siguiente pasaría por el despacho, mientras me comía sin ganas una tortilla de atún con una cerveza. Cuando terminé la escueta cena, apunté algunas cosas en mi agenda y encendí el ordenador. Me costó una hora dar con el archivo en el que Ulises Santos había guardado la información sobre Valdés. Apagué el ordenador. Me levanté despacio, con los músculos agarrotados y la vista nublada. Le debía una visita al oftalmólogo, pero, como siempre, la venía demorando meses por falta de tiempo. Mi vista cansada cada vez se cansaba más. Eché la llave a la puerta de entrada, rebusqué en el armario del pasillo, me agencié el bate de béisbol que guardaba para disuadir las visitas no deseadas y me fui a la cama. *Caifás*, atento a mis movimientos, se había levantado de su colchoneta y me había seguido cauteloso por toda la casa, mirándome con aquellos ojos enormes que parecían querer salirse de sus órbitas. Le acaricié la cabeza, recogí su cama portátil, me la llevé al dormitorio y la tendí junto a mi cama, pensando que al día siguiente debía comprar comida para perros. Me acosté. El perro me lamió un buen rato una mano. Supuse que el pobre ya había asumido que tenía nuevo compañero. Cuando se le cansó la lengua se acomodó en su colchoneta y se quedó dormido. Le envidié. Yo, sin embargo, no podía dormir. Me encendí el antepenúltimo pitillo que me quedaba en la cajetilla y me lo fumé despacio, como si fuera el último que me fuera fumar en mi vida.

Miré a *Caifás*. Constaté nuevamente su sueño tranquilo y apagué la luz, aunque sabía que no iba a pegar ojo. Descubrir la identidad de la persona que había asesinado a Rebeca Spinoza y a Ulises Santos parecía estar más cerca. Y, quizás, también, averiguar quién había acabado con la vida de Apuleyo Valdés.

CAPÍTULO 36

Acudí a primera hora al despacho. Me hice acompañar de *Caifás*. Le había comprado su comida y se la serví en un cenicero con el anagrama de una agencia de detectives que había colaborado conmigo hacía algún tiempo, porque olvidé comprarle al perro su propia vajilla. Como Eva no había llegado todavía, aproveché para revisar las notificaciones recibidas durante mi ausencia y me sumergí en una montaña de expedientes. Una hora después bajé a desayunar. Cuando subí, mi secretaria ya estaba en su puesto, jugando con *Caifás*.

—Buenos días, jefe. Tenga —me saludó, entregándome una lista con los clientes que reclamaban su derecho de visita.

—Hola, Eva, ¿qué tal todo?

—Todo en orden. ¿Y este enanito? —inquirió, mientras acariciaba a al animal detrás de las orejas.

—*Caifás*, el nuevo socio.

Al escuchar su nombre, el perro se vino hacia mí y me duchó con un par de estornudos.

—¿Cuidaste del fuerte en mi ausencia?

—Por supuesto. ¿Y de mi encargo?

—En media hora viene «Vicius» y le pondremos al día.

—Muy bien.

—¿Y su viaje?

—Para no contarlo, Eva. Cuando llegue tu chico, pasáis.

—Ah, acaba de llamarle Graciela Cienfuegos. Dijo que le llamara en cuanto llegara.

—Muy bien.

Me fui al despacho. Leí el periódico. La noticia de la muerte de Rebeca Spinoza venía arrinconada en las noticias locales.

Se especulaba con su suicidio. Arrugué el periódico y lo arrojé a la papelera. Luego llamé a Graciela.

—Buenos días. Me dijo tu secretaria que estuviste fuera.

—Así es.

—¿Tienes alguna noticia?

Me callé lo relacionado con las muertes de Ulises y de Rebeca. No quería convertirme en un transportista de preocupaciones si ello podía evitarse.

—El Ministerio Fiscal ya ha presentado su escrito de acusación. Imputa a tu hermano un delito de asesinato. Presentaré el correspondiente escrito de defensa y las actuaciones las remitirán a la Audiencia Provincial. Una vez celebrada la comparecencia para ventilar las excusas de los candidatos a jurados, se señalará la fecha para la selección de los miembros del jurado y comenzará el juicio.

—Dante, ¿has encontrado alguna prueba que exonere a mi hermano?

—En ello estoy, Graciela. Pero no podemos esperar milagros.

—Bien. ¿Me llamarás?

—Sí, no te preocupes.

Corté la comunicación. No tenía ganas de hablar. Seguí trabajando, hasta que apareció «Vicius». Le dije que llamara a Eva y que pasaran.

—Bueno, chicos, ¿qué averiguasteis?

—Verá, jefe, fuimos a la cafetería, tal y como nos ordenó. Y hablamos con la camarera. Se llama Dafne. Una tía buena, con un *piercing* en la lengua y otro en la nariz —se relamió «Vicius»—. Nos dijo que estaba estudiando para actriz, pero que de momento se sacaba unos euros trabajando allí los fines de semana.

Eva le soltó una mirada asesina. Si mi secretaria hubiera tenido superpoderes, el chico hubiera caído fulminado sobre la moqueta del despacho un segundo después de exponer su opinión sobre la testigo. Me tragué las ganas de reírme. No quería meterme dónde no me habían llamado, mientras pensaba que la descripción de la camarera no se correspondía con el aura de santidad que llevaba aparejado el alias de Cosette asignado a la testigo. Tendría que bautizarla de nuevo.

—Bueno. ¿Y qué más?

—Nos hicimos pasar por estudiantes de Periodismo y le soltamos el rollo de que teníamos que redactar un reportaje para clase.

—Buena idea, «Vicius».

—La idea fue mía, jefe —me corrigió Eva.

Sonreí.

—Entonces, buena idea, Eva. ¿Y que averiguasteis? —insistí.

—Verá, jefe —continuó «Vicius»—, la chica, Dafne, quiero decir, nos dijo que su colega Arquímedes había estado el día de autos, como dicen ustedes, bebiendo una botella de agua. Luego pagó, compró cigarrillos y se marchó.

—Ya. Es lo mismo que ya me contó Arquímedes a mí —respondí, desanimado, mientras ojeaba el sumario sin rumbo fijo.

—Sí, pero hay algo más —apostilló Eva.

Levanté la mirada de los papeles.

—¿Qué más? —pregunté expectante, mientras me encendía un cigarrillo y le ofrecía otro a «Vicius», quien, con ojos lastimosos, me solicitaba una dosis de nicotina.

—Pues que pasó algo extraño.

—Al grano, Eva, por favor.

—Nos contó que para ser domingo y tan temprano, le pareció raro que esa mañana ya entraran otros dos clientes, además de Arquímedes, desconocidos para ella. Que le extrañó un poco, pero que no le dio más importancia en ese momento. Pero que ahora, pasado el tiempo, lo recordaba como algo inusual para un domingo nada más abrir.

Miré a mis ayudantes con sorpresa.

—Nada de eso dijo esta chica en sus declaraciones.

—Si solo le preguntaron por su amigo el cubano, solo respondería con relación a él, ¿no le parece, jefe? —indicó con sagacidad el punki.

—Puede ser —consideré, echando el humo en anillos—. Ya sabéis que cuando la policía tiene enfilado a un sospechoso, ya no lo suelta; son como perros de presa, pero muchas veces se olvidan de indagar en otras direcciones. Y, a veces, esos olvidos, les hacen ir en la dirección equivocada.

—Claro, jefe —me peloteó «Vicius».

—No me des lustre, chico, y dime qué os dijo la chica de esos visitantes hasta ahora desconocidos.

—Pues que después de irse el cubano de la cafetería, entró una mujer. Según ella, era una mujer muy atractiva —respondió Eva—. Y muy elegante. De unos treinta y tantos años.

Les miré confuso.

—Un poco extraño que a esas horas aparezca una señora joven, elegante y sola en esa cafetería, ¿no os parece?

—¿Y si iba a misa? —repreguntó «Vicius»—. Cerca de la cafetería hay una iglesia.

—Demasiado temprano, incluso para comulgar, ¿no? —consideré.

Nos miramos los tres sin saber qué pensar.

Habló esta vez Eva:

—La camarera nos dijo que la mujer pidió una infusión, se sentó en una mesa y se puso a mirar por la ventana. Como si vigilara el exterior. Y al poco tiempo el cubano pidió la cuenta, pagó y se marchó.

—Y entonces entró otro hombre —intervino «Vicius»—. Quiero decir que entró otro hombre de los que no eran habituales, según nos dijo Dafne.

Otra mirada asesina de mi secretaria. Cada que vez que «Vicius» mentaba el nombre de pila de la camarera, de los ojos de Eva emanaban más chispas que de una catenaria ferroviaria.

—¿Cómo era?

—Alto, rubio, muy guapo —informó mi secretaria con una sonrisa de venganza dirigida a su novio.

Ahora fue «Vicius» quien destinó una mirada asesina a su chica.

—Joder, ¿es que había un congreso de guapos en la jodida cafetería?

Eva iba a contestarme, pero sonó el teléfono. Contestó y colgó.

—Era el inspector O'Blanca. Dice que no se olvide de la cita en comisaría.

Asentí con un nudo en la garganta. La muerte de Rebeca me impulsaba a concederme la baja definitiva y escaparme a la Polinesia para no regresar jamás.

—Sigue, por favor —pedí, tras beber medio vaso de agua.

Caifás, tumbado a mi lado, pareció notar mi desasosiego.

—Según la camarera, el rubio se sentó en la mesa con la mujer, pero no pidió nada. Ella volvió a pedir otra consumición de lo mismo. Estuvieron allí una hora, sin hablar, y se marcharon. La mujer dejó una buena propina o se le olvidó recoger el cambio.

—Muy bien, chicos. Os habéis ganado el sueldo.

Me levanté, dando por concluida la reunión.

—Jefe, espere —solicitó «Vicius»—. Quedan dos cosas.

—¿Qué? —dije impaciente, sentándome de nuevo.

—La mujer perdió un pendiente.

—¿Ah, sí?

«Vicius» se metió la mano en el bolsillo, sacó un pendiente, quizá de oro blanco, quizá no, he de reconocer que soy inexperto en la materia, y lo depositó sobre mi mesa, con tanto mimo como si me estuviera mostrando una mariposa en peligro de extinción.

Tomé el pendiente y lo examiné con la pulcritud de un joyero. Un escalofrío me recorrió la columna vertebral. Yo había visto su gemelo no hacía mucho tiempo, pero no recordaba dónde.

Capítulo 37

Abrí la ventana. La ciudad, como siempre a esa hora, se mostraba colapsada de coches y autobuses. Sirenas de ambulancias, bocinazos y el megáfono del chatarrero ofreciendo dinero por llevarse toda clase de trastos viejos se colaron por la ventana como un tornado. La cerré. Me encendí otro cigarrillo.

—¿Cómo lo conseguiste? —quise saber, examinando de nuevo el pendiente, mientras trataba inútilmente de recordar dónde había visto uno similar.

—Volví al día siguiente y se lo compré. Por cierto, jefe, me debe doscientos euros. Los tenía guardados para reparar la moto.

—No te preocupes, luego te los doy.

—No se le olvide, que este mes voy tieso.

—Tú siempre estás igual —le recriminó Eva.

—Haya paz —solicité como si fuese un cura dirigiéndose a sus feligreses—. A ver, chicos, terminemos de una vez que he de marcharme, ¿qué otra cosa queda por contarme?

—El hombre de azul —respondió Eva.

Un vértigo pasajero me nubló la vista.

—¿Qué hombre de azul? —pregunté, echando mano del paquete de tabaco, aunque me abstuve de sacar otro cigarrillo. No quería romper mi media diaria y ya iba desequilibrado desde el inicio de la mañana.

—Un obrero, jefe —puntualizó «Vicius».

—Eso, un obrero o un mecánico —apoyó Eva—. Entró en la cafetería poco antes que lo hiciera el cubano, se pidió un coñac, se lo bebió de un trago y se marchó sin decir adiós. Según la camarera, ya le había visto en alguna otra ocasión por el local, pero nos comentó que esa mañana era la primera vez que le veía con aquel mono de trabajo. Y, claro, siendo domingo, le extrañó un poco.

—¿Os dijo cómo era?

—Sí. Ni alto, ni bajo. Moreno. Con barba. Nada digno de mención, salvo que arrastraba una pierna, no recuerdo cuál de las dos nos dijo, como si tuviera cojera. Eso le llamó la atención, porque una tía suya tiene una prótesis en una pierna y el tipo le recordaba a su tía.

Suspiré. La catarata de información me tenía abrumado. Este puzle tenía demasiadas piezas. Necesitaba salir, pensar y despejarme, así que zanjé la reunión y agradecí a mis colaboradores el trabajo realizado. Luego les retribuí generosamente su esfuerzo, al fin y al cabo pagaba la viuda de Esneider, y le aboné a «Vicius» el precio pagado por el pendiente.

Cuando me disponía a salir, un ladrido me detuvo. *Caifás* miraba suplicante, reclamando acompañarme. Como no podía llevarlo conmigo, le soborné dándole una par de galletas y le encomendé temporalmente su cuidado a mi secretaria. El perro ladró agradecido al ver las golosinas. Cerré la puerta y me fui con el cerebro en ebullición. Desde hacía unas horas, mi vida solo tenía un objetivo. Estaba decidido a resolver cuanto antes este maldito asunto, aunque me fuera la vida en el intento. Se lo debía a Rebeca.

Capítulo 38

Llamé a O'Blanca anunciándole que me encaminaba a la comisaría. Esperaba que no me hicieran perder toda la mañana con el papeleo. Llegué en cuarenta minutos. Y tardé otros veinte en encontrar aparcamiento. Di los buenos días, mostré mi tarjeta profesional e informé que el inspector me esperaba. El policía que estaba de guardia en la puerta miró mi identificación con desagrado no disimulado. No en vano, en el partido que jugábamos todos los días, los policías estaban a un lado del campo y los abogados al otro. Los tipos que ellos detienen, nosotros los sacamos a la calle o, cuando menos, lo intentamos. Para que mentir, cada vez que entro en una comisaría por motivos profesionales me siento como un cristiano entrando en el circo romano a la hora de la comida de los leones. El policía tomó mi tarjeta con la punta de los dedos, como si estuviese contaminada con el virus del Ébola, tomó nota de mi nombre y me hizo pasar a la pequeña sala de espera, poblada por perjudicados por algún delito con intención de denunciar los hechos. Una mujer joven lloraba en silencio, acompañada de otra persona más mayor, posiblemente su madre. Los malos tratos los llevaba reflejados más en el alma que en los moratones que a buen seguro ocultaba bajo su ropa y tras las enormes gafas ahumadas. A su lado, un joven con una carpeta y unos libros de medicina en su regazo, hablaba indignado por el móvil contando que le habían robado el coche. Y, junto a mí, un matrimonio con cara de resignación, parecían esperar a que tomaran declaración a algún hijo descarriado, detenido quizá por hacer grafitis en algún tabique abandonado. En fin, lo mismo de siempre. Como en la sala de espera del médico. Solo cambian los rostros, no los problemas.

—Caballero, ya puede pasar —me anunció una joven agente, al que el uniforme reluciente y sin galones delataba su reciente incorporación.

—Perdone, agente, pero yo estaba antes —protestó el joven indignado.

—Calle, hombre, que este señor está para otras cosas —le corrigió la agente.

—Oiga, que llevo dos horas esperando —volvió a protestar el muchacho—. Esto es una vergüenza. No sé para qué pagamos los impuestos.

—Espere su turno, que ahora le llamarán —zanjó autoritaria la novata.

Me levanté y seguí el oscuro uniforme por varios pasillos hasta el despacho conocido del inspector O'Blanca, dejando atrás las inútiles protestas del indignado contribuyente, sopesando si éste realmente pagaba sus impuestos o si todavía se los pagaban sus padres.

O'Blanca, acomodado detrás del escritorio en un sillón que necesitaba un buen tapizado o, directamente, tirarlo a la basura y comprar otro nuevo, me hizo pasar con un gesto de su mano hizquierda. Me senté frente a él, esperando que terminara de hablar por teléfono. Se le veía cansado. Por lo que deduje de la conversación, hablaba con Elena, su esposa, sobre la delicada salud de su hijo Alonso. El chico tenía leucemia.

—Hola, Dante, ¿cómo estás? —me preguntó tras cortar la comunicación.

—Jodido —respondí sincero.

—Ya.

—¿Y tu hijo? —me interesé.

—Mi esposa insiste en que le llevemos a un hospital de Boston o de no sé dónde para que le operen. El problema es el puto dinero. Como siempre.

—Si puedo ayudar…

—Gracias, Dante. Ya veremos.

El inspector abrió la ventana para ventilar la estancia que apestaba a sus cigarrillos sin filtro. La prohibición no había alcanzado su despacho. Tampoco al mío, pensé. Se sentó de nuevo y me ofreció una carpeta.

—El informe provisional del forense. Suicidio. Caso cerrado. Salvo que el juez de turno diga otra cosa.

Miré la carpeta, pero no la toqué.

—No se suicidó, y lo sabes. Si había algo que a Rebeca le daba fuerzas suficientes era descubrir quién mató a Ulises Santos.

—¿Qué había entre vosotros, Dante? No parece que fuera el ligue de una noche. De ser así, no estarías tan preocupado. Te conozco como si te hubiera parido.

—Te mentiría si te dijera que no me gustaba. Pero entre ella y yo no había nada serio, tal vez, porque llegué tarde a su vida. Era una buena persona y no se merecía acabar así. Estoy convencido de que no se quitó la vida.

—Si no le quieres echar un vistazo al informe, yo te lo resumo. Se cenó un bote entero de pastillas para dormir. Luego se metió en la bañera y se cortó las venas. Fin de la película.

—Una mierda, O'Blanca. Te digo que no.

—Es lo que hay. ¿Y sabes por qué lo hizo? La muerte de su compañero, el tal Santos, fue la causa. No lo asumió. No le des más vueltas, coño.

No dije nada. Quizás tenía razón y yo no lo quería ver. Sin embargo, había un detalle que iba en contra del lógico razonamiento de O'Blanca: que a mí también intentaron despacharme. Pero eso él no lo sabía, y no podía aún hacerle partícipe de ello. Todavía no. En el archivo secreto de Ulises Santos se hablaba de algún policía metido hasta el fango en los negocios de Apuleyo Valdés. Y, últimamente, mi amigo tenía ganas de cerrar los asuntos demasiado rápido. Además, necesitaba dinero, consideré preocupado.

Capítulo 39

Nos levantamos y nos dirigimos a otra sala. Me tomaron declaración sobre mi aparición en el piso de Rebeca Spinoza el día de su muerte. La presencia de O'Blanca acortó el trámite y me evitó responder preguntas demasiado incómodas. Terminamos en media hora. Salimos a tomar una cerveza. Nos acodamos en la barra del bar que está enfrente de la comisaría. Si algún carterista despistado tenía la infeliz ocurrencia de comenzar su jornada de trabajo en aquel bar, acabaría durmiendo la misma noche en un agradable calabozo del local situado al otro lado de la acera. Hasta los camareros parecían policías de paisano. A lo mejor alguno de ellos estaba haciendo horas extra, pensé, dada la crisis económica que nos afectaba a todos.

—¿Qué tal tu cliente cubano? —me preguntó el inspector después de darle dos tragos seguidos a su cerveza, que rebajaron la bebida hasta la mitad de la cabida de la jarra.

—Esperando mi intervención divina.

O'Blanca se rió de buena gana. Luego se puso serio y me amonestó:

—Pues yo sigo esperando que abras la boca y me cuentes todo lo que sabes. Y no me vengas con el rollo del secreto profesional y todas esas mierdas. Somos amigos, joder. Mi olfato me dice que estás haciendo de *poli* en tu tiempo libre. Ándate con ojo. No me gustaría que el próximo fiambre que aparezca troceado sea el tuyo.

—A mí tampoco me gustaría, pero si fuese así, hazme el favor, diseca mi cabeza y ponla de recuerdo en tu despacho. Así te haré compañía.

—Tú siempre con tus jodidas gracias.

—O'Blanca, dame tiempo. Primero tengo que evitar que Arquímedes Cienfuegos se pase los próximos veinte años a la sombra. Después te contaré todo lo que he averiguado.

—Sabes que te puedo meter un paquete por obstrucción a la justicia.

Pedí otra ronda.

—No me jodas, O'Blanca.

—No te jodo, Dante. Solo te informo.

Bebí un trago de cerveza, mientras el policía se comía un mustio canapé de salchichón. Me ofreció el otro triste canapé, pero rechacé amablemente la oferta. Aunque ya había hecho testamento, no tenía ganas de morir tan pronto, y menos aún intoxicado por un bocado tan lúgubre.

—O'Blanca, ¿conoces a Terencio Ruano? —le pregunté cambiando de tercio y sin quitarle ojo.

El canapé de salchichón pareció quedar atascado en la laringe del policía. O'Blanca le dio un largo trago a la jarra de cerveza. Luego tosió tres veces. El canapé se deslizó finalmente esófago abajo como si lo hubieran untado con vaselina. El rostro del inspector se había tornado del color de una lombarda recién cocida.

—¿Qué cojones...?

—Terencio Ruano —repetí intransigente.

—Dante, muévete con cautela. Estás pisando en un campo de minas. Ruano está condecorado por sus múltiples éxitos contra los narcos. No metas las narices donde no debas, no te las vayas a pillar.

—¿Le conoces?

—Pues claro, joder. Somos de la misma promoción. ¿Quieres que te lo presente? Está allí. Es ése que está hablando por teléfono —me señaló a un hombre sentando de espaldas a nuestra posición en una mesa cercana a los cuartos de baño.

—No, mejor otro día. Debo irme. Yo invito.

Pagué las consumiciones y salí del bar. Avancé unos metros y me cobijé bajo la marquesina de una parada de autobús, parapetado entre los futuros pasajeros de un autobús que no terminaba de llegar. Diez minutos después salió O'Blanca. Iba acompañado de Ruano. Los dos marchaban hacia la comisaría con cara de pocos amigos. Ruano, ni muy alto, ni muy bajo, con barba, arrastraba la pierna izquierda al caminar.

CAPÍTULO 40

Esperé a que los dos policías entrasen en la comisaría y me fui en busca de mi coche. Una multa por sobrepasar el tiempo reglamentado adornaba la parte inferior izquierda del parabrisas. Una segunda multa, ésta por sobrepasar el tiempo sobrepasado, adornaba la parte inferior derecha del parabrisas. El principio *non bis idem* no existe para los controladores de aparcamiento. O para su jefe, el alcalde, convertido en un salteador de caminos sin antifaz que necesita fondos para sus maltrechas arcas. Oteé el horizonte en busca del autor de mis desdichas automovilísticas. No era autor, sino autora. Me dirigí a ella y, con cara de pena, le mostré los dos boletos premiados.

—Se le paró el reloj, caballero. Lo siento. Recurra usted.

Capitulé. Soy una persona educada. Me tragué mi protesta junto al recurso de reposición y el de alzada. Anotaría en la cuenta de suplidos de la viuda de Esneider el importe de las dos sanciones. Tenía cosas más apremiantes que recurrir multas de aparcamiento. Me metí en el coche y llamé a Eva. Me puso al día. Le pregunté por Caifás. Me dijo que dormía como un angelito. No me lo creí, pues es difícil visualizar a un angelito roncando. Luego llamé a mi compañero Jeremías Felice, pero no le localicé, así que telefoneé a Mireya para que me sustituyera en unas actuaciones. Dijo que sí. Sin más. En esta profesión ese «sí» vale tanto como el que se da al casarse. Después llamé a Elsa Doménech. Le pedí que me atendiera algunos asuntos más complicados, mientras me dedicaba casi en exclusiva al juicio de Arquímedes Cienfuegos. Aceptó a cambio de una cena y algo más. Yo acepté la cena y algo menos. Después de quince minutos de tiras y aflojas, transamos ambas partes. Cena y luego se vería. Me despedí de ella y me dirigí al cementerio, pero llegué tarde, como siempre. Rebeca Spinoza había sido ya enterrada.

—Lo siento, Rebeca. Nunca debí dejarte sola —conseguí decir con un nudo en la garganta.

Luego deposité unas rosas negras al pie de su tumba, me prometí regresar cuando hubiera descubierto al autor de su muerte y me marché de allí sintiéndome culpable por haber sido incapaz, una vez, más de cuidar de las personas que me importaban de verdad. La historia volvía a repetirse para mí.

Capítulo 41

Rodrigo y Mireya me esperaban tomando un café en el bar de la esquina de mi casa. Les hice señas desde la puerta y también por señas me dijeron que terminaban enseguida y salían, así que aproveché para que *Caifás* olisqueara un par de árboles. Sonó mi móvil. Dos veces. Dos clientes. El primero para darme las gracias. Eva le había enviado una sentencia ganadora. El segundo para retirarme el saludo. Eva le había enviado una sentencia perdedora. Así es la vida de los abogados, el esfuerzo solo se aprecia si ganas, pensé con resignación cristiana mientras me guardaba el móvil en la chaqueta. En mi despiste, el perro había dejado un regalo al lado de una farola. Saqué una bolsa negra recién comprada para tales menesteres y atrapé el mojón, no sin cierto desasosiego, dada mi falta de experiencia en tales lides. Una vez embolsado el regalito, me di cuenta de que algo no marchaba bien. Palpé la bolsa. El contenido estaba frío como una lápida. Miré al suelo. Algún colega canino de *Caifás* había dejado otro recuerdo al lado mismo del suyo.

—¡Mierda! —exclamé en voz alta, al percatarme de que me había equivocado de obsequio.

Un señor sesentón y bajito y con tres copas de más que pasó junto a mí, se giró al escucharme y, con malvada sonrisa, me espetó sin detenerse:

—¿Y qué esperaba usted, encontrar oro?

Cariacontecido, opté por no replicar al ocurrente transeúnte y miré a *Caifás*, que ajeno a mi inexperiencia canina, seguía oliendo los aromas codificados de sus congéneres. Me prometí estar más vigilante la próxima vez. Indignado con quien dejó aquello sin recoger, saqué otra bolsa, apresé, esta vez sí, el regalito de *Caifás* y arrojé las dos bolsas a la misma papelera. Fue en ese preciso momento cuando recordé dónde había visto el pendiente de oro que ahora tenía en mi poder. Estuve tentado de salir tras el beodo caminante para agradecerle que me hubiera traído la inspiración suficiente para reactivar el rincón de mi memoria en el que estaba alojado tal recuerdo. Incluso el filósofo David Hume estaría satisfecho de la asociación de ideas acontecida. Pero mis pensamientos filosóficos se vieron interrumpidos por la aparición de Rodrigo y Mireya. Al verlos junto a mí, *Caifás* se alborotó al conocer nuevos amigos. Hice las debidas presentaciones y subimos a mi casa.

—Segundo acto —les dije cuando nos sentamos—. Éste es el escrito de acusación del Ministerio Fiscal.

Ambos lo leyeron detenidamente mientras daba de cenar a *Caifás* en la cocina.

—¿Y tu escrito de defensa? —preguntó Mireya cuando reaparecí.

—Ya está presentado. En disconformidad, en disconformidad, en disconformidad, etc., etc., etc. No demos pistas a nuestros amigos de la Fiscalía.

—¿Y ahora, qué? —quiso conocer Rodrigo.

Les entregué los cuestionarios de los jurados.

—Quiero que los leáis y que me hagáis una lista de quienes os parecen más fiables para nuestros intereses. Hacedlo sin consultaros. Yo ya tengo mí selección provisional. Cuando tengáis a los nueve, más los dos suplentes, las comparamos. Seis ojos ven más que dos, y tres cerebros piensan más que uno, y más si está como el mío, que ya no pasaría ni una *ITV* de cerebros en formol.

—¿Qué criterios quieres que sigamos? —preguntó Mireya.

—Ninguno. Dejaos llevar por vuestra intuición y vuestro sentido común. Tened en cuenta que habrá varios de ellos que ni siquiera pasarán el primer corte tras la vista de excusas: las personas mayores, los que tengan problemas médicos, los que deban viajar cuando empiece el juicio, etc. Pero recordad que se enjuicia un asesinato. Y que tenemos un cadáver muy poco fotogénico.

Así que, descartad de inicio a quienes penséis que no tendrán estómago para aguantarlo.

Los dos asintieron y empezaron a hojear los formularios.

—Otra cosa. Necesitaré jurisprudencia sobre casos similares a éste. Y un borrador con las preguntas que consideréis para los testigos y para los peritos. Eso son los deberes para los próximos días.

—Los tendrás hechos, Dante, cuenta con nosotros —prometió Rodrigo—. Por cierto, ¿sabes qué tal es la fiscal que llevará el caso?

—No. La verdad es que no me suelo fijar. Probablemente será la misma que haya firmado el escrito de acusación.

Tras unos segundos de búsqueda, Mireya localizó el escrito presentado por el Ministerio Fiscal debajo de los formularios de los jurados.

—Nadia Allende —anunció la muchacha.

—Joder —alegué incrédulo—. Déjame ver.

—¿Qué pasa, Dante? —preguntó Mireya al contemplar mi rostro pasmado—. ¿Es un hueso?

—Peor que eso. Es mi ex mujer —expliqué desconcertado por la noticia.

—¿Y no debería abstenerse? —preguntó Rodrigo.

—No es necesario al estar divorciados. Además, hace tiempo que ya nada nos une —alegué sombrío.

Capítulo 42

Al día siguiente, nada más arribar al despacho, busqué el número de teléfono de la Fiscalía, llamé y pregunté por la fiscal Nadia Allende. Una voz tan agradable como la de un robot me dijo que esperara un momento, aunque el momento se alargó cinco interminables minutos con una música estrepitosa de fondo que sonaba a tal volumen, que cualquier sordo hubiera sido capaz de percibirlo por las vibraciones.

—¿Diga?

—Hola, Nadia.

Mi primera y última esposa hasta la fecha no parecía sorprendida de mi llamada. Tampoco se apreciaba que le hiciera demasiado feliz escuchar mi voz después de tanto tiempo.

—Hola, Dante.

—No sabía que hubieras regresado.

—Pedí el traslado hace un par de meses.

—Podías haberme llamado.

—¿Es una llamada personal o profesional? —preguntó pasando por alto mi sugerencia.

Dejé transcurrir unos segundos. Empezaba a recordar los motivos por los que escapé de un matrimonio desafortunado.

—Profesional.

—Dime. Estoy ocupada.

—El caso Cienfuegos. Creo que es tuyo.

—Sí —repuso Nadia.

—Yo llevo su defensa.

—Lo sé. Siempre metido en los peores charcos, querido. ¿Quieres un acuerdo?

—No.

—¿Entonces?

—Solo llamaba para saludarte y saber cómo estabas.

—Estoy bien, gracias.

—Entonces nos veremos en el juicio —me despedí.

No tenía sentido seguir dialogando con un bloque de hielo, si eso mismo podía hacer con tan solo abrir el congelador de mi frigorífico y, de paso, me ahorraba el precio de la llamada.

Desde la muerte de nuestra hija Beatriz, ya nada nos unía. Ni siquiera el dolor. Beatriz fue atropellada hacía casi tres años por un conductor que se dio a la fuga y que todavía no había sido detenido. Beatriz tenía entonces diez años. Nadia me echaba a mí la culpa, porque yo estaba ese día con la niña en un parque cercano a nuestra casa. Beatriz me pidió dinero para comprar un helado. Se lo di y cruzó la calle por el paso de peatones. Un coche de color negro pasó demasiado deprisa y le segó la vida. Y la nuestra. Un mes después Nadia pidió el traslado y el divorcio, y se marchó, dejándome solo con los recuerdos. Cuando recuperé las fuerzas para seguir adelante, llamé a O'Blanca.

—El asunto nunca prescribirá para mí, no te preocupes —me aseguró.

—Tampoco para mí.

Pero el tiempo pasó y perdí la fe en mi amigo, así que contraté a un detective al que pagaba una fortuna por localizar a la persona que atropelló a mi hija. Sin resultado hasta la fecha. Una vez al mes Rómulo Mendoza, el sabueso contratado, me llamaba para decirme que seguía buscando. Y una vez al mes yo le respondía que encontrara de una vez a aquel hijo de perra, costase lo que costase.

Capítulo 43

Eran las siete de la tarde. El día había estado gris y desapacible, hasta que rompió finalmente a llover. Eva me anunció la llegada del detective Mendoza. Le dije que lo hiciera pasar al despacho. Nos saludamos. Mendoza, previsor, vestía un impermeable negro y una gorra de cuero. De unos treinta años, era alto, delgado, con cuello de garza. Algo miope, lleva unas gafitas atadas al cuello con un cordón. Era un tipo afable, más con pinta de profesor de música, que de investigador privado, aunque lo cierto es que tenía ganado un reconocido prestigio dentro de su gremio. Había trabajado para mí satisfactoriamente en un par de ocasiones. En la primera, mientras que la *INTERPOL* seguía embarrancada en una investigación infructuosa, él localizó a los dos hijos de una cliente desesperada, después de que hubieran sido sustraídos por su padre, un sujeto recalcitrante que se los llevó a su país de vacaciones y que decidió no devolverlos nunca. En la segunda ocasión, localizó a la hija adolescente de unos clientes que había desaparecido. La muchacha dijo a sus padres que salía un viernes de fiesta con sus amigas, pero lo que realmente hizo fue fugarse con su maestro de esgrima. Mendoza los halló acaramelados en un hotelito de montaña, él haciéndose pasar por padre postizo de la jovencita, por si las moscas. Cuando el detective me llamó para darme la noticia, me alegré de su hallazgo y no pude dejar de recordar con una sonrisa a Nabokov y su Lolita.

—Sigo buscando —me dijo al tomar asiento, sin que yo le hubiera preguntado siquiera.

—Hazlo —le dije—. Te pago mucho dinero por ello y quiero resultados.

—Dante, tengo una pista fiable. En breve te informaré.

—Pues síguela. Y espero que esta vez sea la definitiva o me veré obligado a prescindir de tus servicios. Mis recursos no son inagotables.

—Estoy en ello —respondió palideciendo.

—Mendoza, tengo otro encargo para ti —le informé, al tiempo que le entregaba una nota con dos nombres escritos.

El rostro demacrado del detective recuperó un poco el color, pero volvió a perderlo cuando leyó los nombres escritos en el papel.

—¿Qué deseas saber exactamente? —preguntó.

—Todo —contesté—. Y ve con cuidado. Si te descubren olfateando su rastro, no creo que te feliciten precisamente.

Le entregué un cheque extendido por Graciela Cienfuegos para que iniciara las nuevas pesquisas. Miró la cantidad y se lo guardó en el bolsillo interior de la chaqueta. Luego me devolvió la nota que le había entregado. Encendí el mechero y la quemé en el cenicero. Mendoza presenció en silencio la incineración. Su semblante estaba macilento.

—¿Te encuentras bien? —me interesé.

—Sí, no te preocupes. Me encargaré de todo.

El sabueso se levantó, me estrechó débilmente la mano y se marchó sin despedirse. Parecía enfermo, aunque no quisiera admitirlo.

Capítulo 44

Como gracias a la ayuda de Elsa Doménech había podido aliviar un tanto la carga de trabajo, había citado aquella tarde a Rodrigo y a Mireya en el despacho y no en mi casa, desterrando así los horarios intempestivos de nuestras reuniones anteriores. A los veinte minutos de marcharse Mendoza, Eva me informó que mis ayudantes acababan de llegar. Les hice pasar al despacho y cotejamos las listas de los jurados preseleccionados. Tras debatir una hora, elegimos preliminarmente a quince, pues ya contábamos con el hecho de que alguno de ellos no pasara la primera criba o que la fiscal recusara posteriormente a alguno de ellos. Después comentamos algunas sentencias que me habían localizado y nos fuimos a cenar.

Dos días después tuvo lugar en una pequeña sala de la Audiencia Provincial la comparecencia para estudiar las excusas presentadas por algunos de los candidatos. Afortunadamente, de los quince que me interesaban, solo uno de ellos había alegado en el formulario algún inconveniente presencial: un joven biólogo que alegaba una sospechosa incontinencia urinaria, de modo que debía ir al baño cada diez minutos. En esa tesitura, y para evitar que el juicio pudiera prolongarse varios siglos, acepté su excusa, aunque fuera incierta. Si alguien no quiere ser miembro de un jurado, no hay que empecinarse. Es mejor buscar otro candidato, porque no es bueno ir a disgusto a ningún sitio. Formada la terna de candidatos, al día siguiente comenzaría la selección definitiva del jurado y el inicio del juicio contra Arquímedes Cienfuegos.

Cuando concluyó el trámite de preselección, salí de la Audiencia y llamé a Rodrigo y a Mireya para informarles del desarrollo de la comparecencia. Después busqué el número de O'Blanca. Me disponía a marcarlo, pero no lo hice. No tenía ganas de hablar con él. Preferí marcharme a casa; tenía un huésped al que cuidar. Cuando llegué, Caifás me saludó con un par de cabriolas. Lo saqué de paseo y luego me comí un filete con patatas y me bebí dos copas de vino. Por la tarde acudí a ver mi cliente. El cubano estaba tranquilo. O tenía una fe ilimitada en mí o la tenía en el viejo santero nacido en Camagüey, contratado por su hermana para interceder por él. Le informé de la estrategia a seguir y me marché. Cuando llegué a casa llamé a Gabriela Cienfuegos. Me dijo que no acudiría al juicio el primer día, porque no quería servir el morbo en bandeja a los periodistas que se darían cita en los aledaños del tribunal. Me pareció adecuada su decisión. Si no la hubiera tomado ella, se la habría propuesto yo. Además, no podía entrar en la sala, al estar propuesta como testigo por el Ministerio Fiscal. Le aconsejé que fuera a trabajar o que se quedara en casa. Me deseó suerte. Yo le pedí que encendiera media docena de velas a su Virgen.

Capítulo 45

Cuando entré en la sala, Nadia Allende ya se encontraba dentro, sentada, ojeando el sumario. Nos saludamos fríamente y me senté también. Fausto Casanueva, el magistrado-presidente entró diez minutos después. De mediana estatura, nariz ganchuda y gafas cuadradas que escondían una mirada amable, su cabello negro con raya a un lado contrastaba con su barba entrecana de cincuentón. El togado se acercó con paso decidido, nos saludó cordialmente a ambos, intercambiamos unas palabras sobre el desarrollo del juicio y después dio orden de que fueran pasando los candidatos. Después de cuarenta minutos de ligero interrogatorio a los aspirantes al título y tras cuatro recusaciones formuladas por ambas partes, el jurado quedó definitivamente constituido. Ocho hombres y tres mujeres habían superado el casting procesal. De edades comprendidas entre los veinticuatro a los cincuenta y seis. Una ejecutiva de una multinacional, un agente comercial, un profesor de autoescuela, una estudiante de magisterio, un electricista en paro, un cartero, un bibliotecario, un arquitecto y una enfermera eran los nueve jurados elegidos. La presidenta del jurado, la ejecutiva de la multinacional. Fue la primera en ser elegida. Y de estas nueve personas dependía la suerte de Arquímedes Cienfuegos. Un cerrajero y la dependienta de una tienda de flores fueron los elegidos por si tenían que suplir a alguno de ellos.

Diez minutos después, mi cliente, custodiado por dos agentes de policía hizo acto de presencia en la sala. Siguiendo las instrucciones del juez, los agentes le quitaron los grilletes y Arquímedes se sentó a mi lado, con los ojos de todos los miembros del jurado puestos en él. Siguiendo mi consejo, se había desprendido de todos sus pesados abalorios que le adornaban habitualmente. A la mayoría de la gente, incluido yo, no nos gusta la ostentación. Y a los miembros de un jurado, tampoco. Eché un vistazo a la sala, que estaba poblada casi en su totalidad. Periodistas, estudiantes de Derecho, algún abogado haciendo tiempo hasta que empezara su juicio en la sala de al lado y muchos curiosos. Localicé a Mireya y a Rodrigo entre ellos. También a «Vicius» y a Eva. Cada uno tenía su misión. No puede entonces evitar acordarme de Rebeca Spinoza. Su ausencia era una losa para mí, pero ese peso lo tendría que soportar en silencio durante todo el proceso. Cuando el juicio terminara, podría llorar su muerte.

El magistrado-presidente tosió un par de veces, se aclaró la garganta y miró a los miembros del jurado.

—Ahora va a comenzar el juicio. Comenzará por la lectura del escrito de acusación presentado por el Ministerio Fiscal y por el escrito de defensa presentado por el abogado del acusado. A continuación la fiscal y el abogado defensor expondrán sus respectivas posiciones y acto seguido prestará declaración el acusado, siguiendo el juicio con la declaración de los testigos y de los peritos propuestos por las partes. Cuando terminen sus interrogatorios la fiscal y el letrado del acusado, podrán ustedes formular cualquier cuestión que le suscite dudas. Eso sí, no las formularán ustedes personalmente. Anoten sus preguntas. Si resultan procedentes, yo las formularé. Por favor, no duden ustedes en preguntar cualquier cuestión que no les quede clara. Y si tuvieran alguna duda sobre el proceso, cuando termine cada sesión, háganmelo saber y yo trataré de aclarárselas.

Aunque el magistrado-presidente quiso parecer afable, lo cierto es que se le notó forzado en su discurso. Es inevitable. En este país los jueces no están aún acostumbrados a tratar con once personas recién llegadas a un tribunal, a los que la ley les ha encomendado suplirles a la hora de impartir justicia y, en muchas ocasiones, su único acercamiento a los tribunales ha sido a través de las noticias de los telediarios. Ellos, los jueces, dudan sobre la capacidad de los ciudadanos para enjuiciar delitos, porque no han sido formados para ello, pero no lo pueden decir. Y los miembros del jurado dudan sobre su capacidad para resolver la papeleta que les ha tocado, pero no dudan en manifestarlo así en cuanto se les pregunta sobre ello. Casi ningún ciudadano quiere formar parte de un jurado, por lo menos al principio. Casi todos ellos así lo expresan cuando se le pregunta en el proceso de selección del jurado. Pero, según avanza el juicio y, sobre todo, cuando ha terminado, casi ninguno de ellos se arrepentirá de la experiencia. Al fin y al cabo, el ser humano se pasa la vida enjuiciando a los demás por cualesquiera razones: a los políticos porque nos mienten; a nuestro jefe porque no nos sube el sueldo o porque no nos concede más vacaciones; al fontanero porque cobra una fortuna por clausurar la gotera de un grifo; al compañero de trabajo porque lleva teñido de colores el cabello; a la hija de nuestros vecinos porque lleva demasiado corta la falda y a los abogados porque siempre resultamos demasiados caros, aunque no siempre sea así. En fin. Solamente cambia el lugar y la trascendencia del objeto del enjuiciamiento.

Los miembros del jurado asintieron silenciosos antes las explicaciones del magistrado, mientras miraban compungidos el bloc en blanco y el bolígrafo que les habían proporcionado para apuntar sus dudas. O para hacer dibujitos, si alguno de ellos se aburría. Se les veía algo perdidos. Lógico. Nadie les explicó que a un juicio de jurado ellos van desnudos, sin saber nada. Quizás esperaban conocer algo más del asunto antes de que diera comienzo el juicio, aparte de alguna noticia publicada hacía meses en los periódicos. Pero así está redactada la Ley del Jurado. Ahora ellos eran los jueces. Y, aparte de los informes periciales, solo las pruebas que se practicaran delante de sus ojos servirían para quebrantar la presunción de inocencia del acusado. Por ese motivo, mi cliente no había abierto la boca hasta entonces, para evitar que el Ministerio Fiscal trajera a la vista las posibles contradicciones de sus declaraciones anteriores. Mireya, instalada entre el público, me miró, me sonrió y me guiñó un ojo. Intenté devolverle la sonrisa, pero no pude. La ausencia de Rebeca Spinoza me lo impidió.

La fiscal comenzó su breve exposición alegando que Arquímedes Cienfuegos era culpable de haber asesinado a Apuleyo

Valdés. Para la fiscal, existían pruebas determinantes de su autoría, lo cual iba a quedar demostrado sin ninguna duda a lo largo de las sesiones del juicio. Por mi parte, aduje que mi cliente no era el responsable de la muerte de Valdés y que no existía ninguna prueba directa que lo incriminara. Los miembros del jurado habían seguido con atención nuestras palabras. No en vano, la libertad de un hombre dependía de ellos.

Capítulo 46

—Señor Cienfuegos, conteste por favor a las preguntas que le formule la señora fiscal —dijo el magistrado-presidente con su equilibrada voz de doblador de películas, una vez concluidas las exposiciones iniciales.

La señora fiscal, es decir, Nadia Allende, es decir, mi ex mujer, acercó el micrófono a su posición y echó un vistazo a sus notas antes de comenzar el interrogatorio. Como esto no es Hollywood, aquí nadie se levanta y se da paseíllos por la sala, acercándose hasta los miembros del jurado. Aunque, lo cierto es que nada, ni nadie lo prohíbe. Será que nos falta vergüenza para unas cosas y nos sobra desvergüenza para otras.

—Con la venia, señoría.

El juez hizo un gesto acostumbrado con la cabeza.

—Señor Cienfuegos… —dijo la fiscal, pues a partir de este momento, dentro de la sala, Nadia era para mí solo la fiscal del caso.

—Perdón, señoría —interrumpió el acusado—, pero voy a contestar solamente a las preguntas de mi abogado —anunció mi cliente sin dejar de mirarme.

Murmullos de sorpresa o, más bien, de decepción, procedentes del público, se hicieron sentir en la sala. Los miembros del jurado, desvalidos, buscaron con la mirada, al magistrado-presidente.

—¿Es ésa su decisión, señor Cienfuegos? —preguntó el juez cuando se extinguieron los cuchicheos, al tiempo que se subía las gafas que le habían resbalado dos milímetros por su nariz aguileña.

—Sí, señoría —dijo sin dudar Arquímedes, sin necesidad de buscar en esta ocasión mi aprobación silenciosa.

En los juicios de jurado, fiscal y abogados defensores no estamos frente a frente, sino en el mismo lado de la sala. Así que, me giré lo justo para ver a Nadia. Nuestros ojos se encontraron y ella bajó contrariada la vista hacia sus notas.

—Bien, les explicaré —intervino el magistrado-presidente ante los rostros sorprendidos de los miembros del jurado, cuyos cuadernos de notas seguían inmaculadamente blancos, salvo el del profesor de autoescuela y el del arquitecto, que se apreciaban garabateados desde la distancia—. El acusado, el señor Cienfuegos, se ha acogido a su derecho constitucional a no declarar o a no contestar algunas preguntas. Le asiste la Ley y la Constitución. Ello no quiere decir nada más que eso. Ni ello le hace más culpable, ni más inocente. Debe quedarles a todos ustedes absolutamente claro.

Los miembros del jurado, incluidos los dos suplentes, aceptaron silenciosos las explicaciones. También decepcionados. Se sentían como los niños que acuden al circo y dos minutos antes de que comience la función alguien les informa que los payasos están en huelga.

—Muy bien. Entonces, que conste en acta que el acusado no responderá a las preguntas del Ministerio Fiscal y que solo desea declarar a las preguntas de su abogado. Es su turno, letrado —me indicó el magistrado-presidente.

Miré al juez, miré mis papeles, miré a los miembros del jurado, situados frente a mí, me giré a mi derecha y miré al público, sin reconocer siquiera a mis infiltrados ayudantes, pues en esos momentos parece que a uno se le nubla la visión, se le encoge el estómago y se le dispara el pulso. En ese preciso instante deseé estar muy lejos de allí, tal vez en una playa de Bora-Bora, tumbado al sol, despilfarrando los honorarios generosamente satisfechos por la viuda de Esneider. Pero basta la primera palabra para que la neblina de los ojos desaparezca, el encogido estómago se ensanche y el pulso atolondrado comience a latir acompasado. En definitiva, es cuando uno comienza a disfrutar.

Capítulo 47

—Señor Cienfuegos, ¿de que qué conocía usted a Apuleyo Valdés?

El gigante cubano, oportunamente aleccionado, no me miró a mí esta vez, sino que miró al jurado.

—Verá, señor, él trabajaba como directivo en las empresas de don Jacobo Esneider, el esposo de mi hermana Graciela. Le conocí siendo el chófer del señor Esneider. Cuando éste murió, que Dios le tenga a su lado, don Apuleyo ayudó a mi hermana en la dirección de sus empresas. Le estaremos eternamente agradecidos por su ayuda.

—Ya. ¿Y cómo se enteró de su muerte?

—Avisaron a mi hermana. La policía, quiero decir.

—¿Y usted conoce los motivos por los que la policía le detuvo?

—Sí.

—Dígalos, por favor.

—Dicen que estuve en su casa el día que le mataron.

Todos los miembros del jurado, como si de una orquesta perfectamente conjuntada se tratara, anotaron de forma sincronizada el dato en sus cuadernillos.

—¿Y es eso cierto?

—No lo sé.

—¿Cómo que no lo sabe? ¿Acaso no recuerda el día que estuvo en casa de Apuleyo Valdés?

—Quiero decir que recuerdo que el día tres de agosto del pasado año fue la última vez que estuve en su casa de la playa, porque él me invitó a pescar en su barco. Pero no sé el día que mataron al señor Valdés, porque nadie me lo ha dicho.

—Ya.

—Pero no pudimos salir a pescar —continuó el acusado.

—¿Por qué?

—Porque don Apuleyo no se encontraba allí.

—¿No estaba en la casa?

—No.

—¿Por qué dice que Apuleyo Valdés no se encontraba en la casa?

—Porque entré y no estaba allí.

—Vayamos por partes. ¿Qué hizo usted cuando llegó a casa de Apuleyo Valdés?

—Bueno, yo pulsé el timbre de la puerta exterior. Como nadie contestó y la cancela no tenía echada la llave, entré. Di una vuelta por el jardín, pero no había rastro del señor Valdés. Y de la casa no salía ruido alguno. Traté de acceder al interior, pero la puerta estaba cerrada. Entonces volteé la casa, buscando la manera de entrar. Cuando me encontré una ventana que estaba medio abierta, la de la cocina, subí el vidrio hasta arriba y me colé por allí.

—¿Acostumbra usted a entrar por las ventanas de las casas que visita?

—Letrado… —me regañó condescendiente el juez.

Me excusé. Pero más valía que fuera yo quien adelantara al jurado los motivos por los que las huellas dactilares de Arquímedes estaban en esa ventana y en el resto de la casa de Apuleyo Valdés. Cualquiera de los policías que vinieran después lo soltarían con júbilo. La exclusiva ya estaba chafada. Los miembros del jurado despertaron de su letargo y se abalanzaron sobre sus cuadernillos para apuntar el dato de las huellas del acusado en una ventana de la casa del muerto.

—Verá, señor, como estuve pulsando el timbre cinco minutos y don Apuleyo no aparecía, empecé a preocuparme. Pensé que podría estar indispuesto. Así que decidí entrar de ese modo.

—¿Y entonces?

—Tras comprobar que no había nadie en la primera planta, subí a la segunda, pensando que el señor Valdés se habría quedado dormido. Tenía fama de juerguista y de noctámbulo, ya sabe lo que quiero decir.

—No. No lo sé. Explíquese.

—Alcohol, chicas, coca. Parece que eran famosas sus fiestas —se rio el gigantón—. Pero don Apuleyo era un hombre divorciado. Supongo que no le debía explicaciones a nadie. Yo, al menos, nunca se las pedí, porque no era nadie para pedírselas.

—¿Y el señor Valdés estaba durmiendo?

—No, no había nadie en su dormitorio, pero seguro que hubo bastante movimiento antes de que yo llegara.

—¿Qué quiere decir?

—Bastaba ver su dormitorio para saber que había habido fiesta.

—Sea más concreto, por favor.

—En la mesilla había cocaína para aburrir, y por el suelo dos o tres botellas de vodka.

—¿Y qué hizo entonces?

—Me asomé al otro dormitorio.

—¿Y?

—Tampoco estaba. Me supuse que don Apuleyo se habría marchado y que seguiría la fiesta en cualquier otro lugar.

—¿No le llamó al móvil?

—Nunca tuve su número privado.

—¿Y nos puede decir por qué en sus pantalones, que encontró la policía en su coche, había vómito de este señor?

El cubano interrogó con la mirada al juez, el cual le dio silencioso permiso para responder.

—Me da pena responder a esa pregunta —se excusó avergonzado.

—Mejor que no le dé pena y responda, haga el favor —le dije yo.

—Verá, me arrodillé delante de la mesilla del dormitorio para agenciarme un poco de coca, no mucha, y me manché de algo que había en el suelo. Era una vomitona.

—¿Y qué hizo usted?

—Lavarme. ¿Qué carajo iba a hacer?

El gallinero se alborotó.

—Señor Cienfuegos, no estamos en una taberna. Guarde respeto a todos los presentes —amonestó el juez.

—Disculpe, señoría.

—Prosiga, letrado.

—Me refiero a qué hizo usted al ver que Valdés no estaba en su casa y quedaba cancelada su excursión —repregunté.

—Pues me marché.

—¿Adónde se fue usted entonces?

—Salí de su casa y me metí en un bar cercano. Compré cigarrillos y una botella de agua. Me la bebí y luego me fui a mi casa.

Consulté mis apuntes. Realmente no tenía nada que consultar. Solo necesitaba tomar aire.

—¿Alguna pregunta más, letrado? —quiso saber el magistrado.

—Sí, señoría, una pregunta más para terminar.

—Muy bien, continúe entonces. Y luego haremos una pausa en cuanto usted termine.

—Señor Cienfuegos...

—Diga —respondió el cubano, restregándose con ansiedad sus enormes dedos, echando en falta, posiblemente, sus inseparables anillos.

—¿Se cruzó usted con alguien cuando iba a casa de Apuleyo Valdés?

—Sí.

—¿Con quién?

—Con una viejecita, perdón, señoría, quiero decir, con una señora mayor, muy simpática, que estaba paseando a su perro.

—No haré más preguntas, señoría.

El primer acto de la función había concluido.

CAPÍTULO 48

El magistrado-presidente acordó un descanso de veinte minutos. La sala se vació. Nadia me dirigió una mirada poco amable, que esquivé a destiempo, y me escabullí. Subí cinco pisos por las escaleras hasta llegar a la última planta, entré en el cuarto de baño y me lavé la cara. Me sequé despacio con una toalla de papel. La cisterna de uno de los baños sonó tan atronadora como las cataratas del Niágara. Se abrió la puerta de uno de los excusados. «Vicius» apareció con una sonrisa. Detrás de él una nube de humo y el olor acre de la marihuana le perseguían.

—Un poco rollo todo este asunto, pero usted ha estado genial, jefe.

—Déjate de peloteos, coño. Y deja esa mierda para tus momentos de ocio. Ahora toca trabajar.

Me miró apesadumbrado. Sin mi ayuda, el chico hubiera aparecido en una cuneta hacía años. Se disculpó. Solo nos tenía a Eva y a mí. Y el fantasma de la heroína siempre amenazaba con interponerse entre nosotros.

—¿Qué quiere que haga, jefe? —me preguntó solícito cuando recuperó el ánimo y hubo apagado el porro, que guardó para mejor ocasión.

—Supongo que los miembros del jurado estarán ahora en la calle fumando y charlando. Así que baja, fúmate un cigarrito, sin aliñar, claro, con Eva cerca de ellos y a ver de qué os enteráis. Mireya y Rodrigo también estarán abajo sondeando.

—¿Pero, jefe, no los encierran para que no se contaminen?

—Déjate de películas, «Vicius». Hasta el día que deban deliberar, hacen vida normal. Cuando termine cada sesión, se irán para sus casas, salvo que el juez diga lo contrario. Y yo nunca lo vi. Así que, a ver qué averiguáis.

—Jefe —me dijo, poniendo cara de cordero degollado—, hay un problema.

—Joder, «Vicius», ¿y ahora qué te pasa? No me dejas ni mear tranquilo.

—Que me he quedado sin tabaco.

—«Vicius», tú siempre estás igual —le recriminé, dándole la cajetilla recién comprada, de la que rescaté a tiempo un par de cigarrillos para fumármelos en la soledad del baño de la última planta del edificio.

Capítulo 49

La sesión de la mañana concluyó con el interrogatorio de los dos empleados de limpieza que encontraron los restos de Apuleyo Valdés. Aparte del susto que se llevaron, nada más pudieron aportar, por lo que el magistrado-presidente dio por concluida la jornada. Me despedí de mi cliente y me dispuse a guardar mis papeles en el maletín. Nadia se acercó hasta mí.

—Cuando termine el juicio podemos quedar a comer —me propuso, anunciando con su mirada celeste un inesperado armisticio.

—¿Sea cual sea el resultado? —pregunté, saliendo de mi asombro.

—Sea cual sea —aseguró, y salió de la sala en la que ya solamente permanecían mis ayudantes.

—Vamos a comer, chicos, tengo un hambre atroz.

«Vicius» se excusó.

—Tengo cosas que hacer, jefe.

Los demás nos dirigimos a un restaurante cercano al tribunal. Estaba abarrotado, aunque los precios no eran precisamente populares. Pensé que no había nada mejor para la economía de un hostelero que abrir un restaurante a las puertas de los juzgados o de los hospitales. Parece que el sufrimiento humano abre el apetito.

—¿Y bien, camaradas? —interrogué una vez que el camarero se alejó tras servirnos unas cervezas y tomar nota del pedido.

—El jurado se quedó decepcionado. Esperaban el interrogatorio de la fiscal —apuntó Mireya—. Eso comentaban durante el descanso.

—Me lo imagino.

—¿Y no hubiera sido mejor que tú tampoco hubieras preguntado a Arquímedes? —me preguntó Rodrigo.

—Puede ser, pero no es tan fácil acertar. Ahora recordaréis que os dije que tenía mis motivos para que Arquímedes no prestara declaración ni en comisaría, ni en el juzgado de guardia. De este modo no ha incurrido en contradicciones que le hubieran servido de munición a Nadia, quiero decir a la fiscal —corregí al instante mi desliz.

—Sí, jefe, pero los miembros del jurado ya saben que Arquímedes visitó a Apuleyo Valdés en su casa —consideró Eva.

—Lo hubieran sabido de igual modo en el momento en que presten declaración los policías de la científica. Más valía adelantarlo nosotros y no ocultárselo al jurado.

El camarero nos trajo un par de pollos asados con ensalada y patatas fritas y trajo otra ronda de cervezas. Cuando terminamos, pagué la comida, me guardé la factura para justificar gastos ante la patrona y nos despedimos. Al día siguiente le tocaba el turno a la dama del perrito, a Cosette y a los policías que llevaron a cabo la inspección ocular de la casa de Valdés. Cuando me acomodé en mi coche, recordé que se me había olvidado bautizar de nuevo a la testigo. Decidí dejarlo así. Cuestión de absurdas supersticiones.

Llegué a casa tras media hora de insufrible atasco, rescaté a *Caifás* de su soledad, me di un par de vueltas a la manzana con él de acompañante y después revisé el correo que atestaba mi buzón, del cual rescaté una multa por aparcar en carga y descarga, tres facturas y un montón de folletos de publicidad de todo tipo: un centro de belleza, que ofertaba dos cortes de pelo por el precio de uno, de lo que inferí que de aceptar la oferta uno saldría calvo de allí; una pitonisa que auguraba la conquista del amor imposible o la desgracia eterna para quien hubiera sido malo; un gimnasio que prometía en dos semanas la obtención de un chasis de vértigo; una clínica dentista que ofrecía sonrisas de cine y una oferta de la pizzería de la esquina que vendía su género a precio de saldo. Salvé solamente las facturas; el resto, incluida la multa, acabó en la papelera. Después envié un mensaje a Eva y le dije que me quedaría en casa preparando la sesión del día siguiente. Luego puse un disco de John Lee Hooker y me tumbé en el sofá. No tardé ni cinco minutos en quedarme dormido. Ni siquiera me acordé de fumar. Pero una hora más tarde, el zumbido del móvil me despertó. Era «Vicius». Me incorporé somnoliento y eché mano de los cigarrillos. Pero no encendí ninguno. Mi mechero había sido hurtado traicioneramente por *Caifás*, que lo estaba mordisqueando con deleite. Se lo arrebaté antes de que se envenenara y le entregué una galleta a cambio.

—Jefe, tengo novedades.

—Dime. Soy todo oídos, muchacho.

—Verá, ahora estoy con Dafne.

Iba a preguntar de qué Dafne me hablaba, cuando recordé a Cosette.

—¿Y eso? Se suponía que tu misión ya había concluido.

—Bueno, jefe, lo cierto es que la cosa no marcha demasiado bien con Eva. Ella se merece a alguien mejor que yo. Nos hemos dado un descanso, así que cambié de aires.

—Vaya, no lo sabía —lamenté de veras mi falta de atención, sin dejar de considerar que esta profesión le hace a uno estar a veces más cerca de sus clientes que de sus allegados.

—Bueno, ¿y qué querías contarme con tanta urgencia?

—Pues me vine para acá a tomarme unas cervecitas y a ver a Dafne y...

—No te enrolles, «Vicius», que no tengo toda la tarde —le interrumpí mientras sacaba de mi maletín la documentación del proceso y la depositaba sobre la mesa de mi estudio.

—Joder, jefe, qué impaciente es usted. Parece un juez.

—Dispara de una vez, «Vicius» —repliqué.

—He descubierto la identidad de la mujer que estuvo aquel día en la cafetería. La que entró después de que se marchara su cliente Arquímedes. Dafne me lo sopló. Se sorprenderá cuando oiga su nombre. Dice que la recuerda de haberla visto en la televisión.

—Me temo que llegas tarde —contesté, pues desde hacía unos días ya sabía a quién le pertenecía el pendiente que yo tenía en mi poder.

Capítulo 50

Cuando a la mañana siguiente llegué al tribunal, el tiempo estaba desapacible. Amenazaba tormenta. De la legión de periodistas presentes el primer día, solo tres o cuatro, con cara de aburrimiento, hacían guardia a las puertas. El resto había desaparecido. Volverían el día del veredicto, como una jauría en busca de sangre fresca. La jornada comenzaba con los tres policías que hicieron la inspección ocular de la casa de Apuleyo Valdés. A preguntas de la fiscal, narraron que la casa tenía dos plantas y que estaba siendo reformada, de ahí que hubiera materiales de construcción en el jardín, aunque no encontraron el instrumento que se utilizó para descuartizar al dueño de la casa. En la primera planta, sobre el cristal de la ventana de la cocina, fue donde encontraron las primeras huellas de Arquímedes Cienfuegos; también encontraron sus huellas en la barandilla de la escalera y en una mesilla del dormitorio donde había cocaína y una copa de vino. Según los agentes, había restos de lo que podía ser sangre en los dos dormitorios y en el cuarto de baño, lo que luego se confirmó con los análisis de laboratorio. La sangre era de Apuleyo Valdés, hecho que confirmaron los dos policías pertenecientes al Servicio Central Analítico de la Dirección General de la Policía que prestaron declaración a continuación. Y de los cabellos encontrados en la casa, había algunos que no eran del muerto. Dos de ellos coincidían con el perfil genético del acusado. El resto de muestras analizadas, tres en concreto, eran de perfiles genéticos anónimos.

—Es decir, que en la vivienda del fallecido se encontraron perfiles genéticos de al menos otras tres personas distintas al acusado y a la víctima, ¿no es así? —pregunté cuando me llegó la ocasión.

—Así es —certificaron.

El magistrado-presidente agradeció a los agentes su presencia y acordó que se llamara al siguiente testigo.

La dama del perrito, de nombre desconocido, por ser testigo protegida, resultó ser, efectivamente, una señora mayor, ciertamente simpática, pero que mostró su más enérgica protesta al juez, porque los vigilantes apostados a la entrada del tribunal no le habían permitido el acceso acompañado de su mascota, un chihuahua llamado *Trotsky*, así que no le quedó más remedio que dejarle en la calle al cuidado de uno de sus nietos. Todos los presentes en la sala sonreímos. Incluido el magistrado. Después se sometió estoicamente a los interrogatorios de la señora fiscal y de este letrado y reconoció sin ninguna duda a Arquímedes Cienfuegos como la persona a la que vio aquella mañana de agosto cuando paseaba a su perrito y a la que vio entrar en la casa de su vecino Apuleyo Valdés.

—Nunca antes había visto a un hombre tan grande y tan fuerte en mi vida. Mi marido, que en paz descanse, era un poco birria —aseguró sin tapujos, lo que provocó de nuevo las risotadas del público.

—Señora... —amonestó sin demasiado énfasis el magistrado-presidente—, si no tiene más que decir, puede abandonar la sala.

La pobre señora se levantó de la silla y salió decepcionada por lo breve de su intervención.

Tras marcharse la dama del perrito, entró Cosette. O Dafne, pues de ella sí conocía su nombre. Demasiado maquillada para mi gusto, y vestida con una camiseta negra y pantalones ajustados también negros, parecía venir de una fiesta de *Halloween*. Sin embargo, era atractiva a su manera y se la veía segura de sí misma. Posiblemente nuestra Cosette tenía más cosas en común con «Vicius» que con mi secretaria, a la cual, por cierto, no conseguí detectar entre el público. Demasiado inteligente, supuse que había decidido evitarse el mal trago de volver a ver a su rival y quedarse en el despacho.

La testigo reconoció también a Arquímedes como la persona que estuvo esa mañana en la cafetería, al poco de abrir el local. Según la camarera, pidió un botellín de agua mineral, sacó cigarrillos de la máquina y se marchó. Como nadie le preguntó nada más, abandonó la sala y, tras ella, salió «Vicius», como un perrillo faldero.

Capítulo 51

A continuación fue llamada Graciela Cienfuegos. Elegantemente vestida con un traje chaqueta gris, camisa blanca, medias negras y zapatos negros de tacón considerable, entró sin dudar y se sentó tras saludar al juez y examinar con una mirada rápida a los miembros del jurado. Luego miró fríamente a la fiscal, miró con ternura a su hermano Arquímedes y por último me miró a mí, sin frialdad y sin ternura.

—Señora Cienfuegos, díganos, ¿cuál era la relación que mantenía usted con Apuleyo Valdés? —preguntó la fiscal.

—Cuando conocí a mi esposo, Jacobo Esneider, el señor Valdés era su director adjunto. Cuando mi esposo falleció, y yo asumí la presidencia de sus empresas, mantuve en el cargo al señor Valdés.

—O sea, el señor Valdés trabajaba para usted.

—Trabajaba para mis empresas, que no es lo mismo —puntualizó Graciela.

—¿En alguna ocasión tuvo usted algún desacuerdo con el señor Valdés por motivos de trabajo?

—¿Por qué habría de tenerlos?

—¿No es cierto que pensaba despedirlo?

Graciela me miró fugazmente. Le había advertido que si le preguntaban sobre su decisión de prescindir de Valdés dijera la verdad.

—Es cierto. Percibía una retribución demasiado alta para lo que reportaba en los últimos tiempos a la empresa. En todo caso era una decisión unánime del consejo de Administración. Los abogados de la sociedad y el abogado del señor Valdés ya estaban de acuerdo sobre su finiquito. Aunque…

—Continúe, por favor.

—No fue necesario rescindir su contrato finalmente, porque, como no escapa a nadie, falleció antes de que prescindiéramos de sus servicios. En cualquier caso, solo tengo palabras de agradecimiento por todo lo que hizo por las empresas de mi difunto esposo y por la ayuda que me prestó cuando éste murió.

—¿Y su hermano tenía algún motivo de enemistad con el señor Valdés?

—Ninguno. El señor Valdés siempre fue amable con mi hermano e incluso le invitó alguna vez a ir a pescar con él, y agradecerle que en alguna ocasión le hubiera llevado al aeropuerto o le hubiera hecho alguna otra gestión.

—¿Cómo se enteró usted de la muerte de Apuleyo Valdés?

—Un inspector de policía se personó en mi despacho y me lo anunció.

—¿No le extraño a usted que el señor Valdés llevara varios días desaparecido?

Graciela Cienfuegos quedó callada unos instantes; parecía estar meditando la respuesta.

—Realmente, no. Tenga en cuenta que eran fechas veraniegas y que se estaba negociando su salida de la empresa. Imaginé que se habría marchado de viaje.

—El día tres de agosto, ¿vio usted a su hermano?

El magistrado-presidente intervino:

—Señora Cienfuegos, si no quiere contestar a las preguntas que pudieran incriminar a su hermano, puede no contestarlas.

—Gracias, señoría. Pero contestaré. Mi hermano es inocente y en nada le incriminarán mis respuestas —contestó tajante Graciela.

—Entonces, conteste a la señora fiscal.

—Le vi por la noche en mi casa. Vino a cenar.

—¿Le preguntó por el señor Valdés?

—Sí. Le pregunté si habían salido en el barco. Me dijo que no, porque no estaba en su casa cuando fue a buscarle.

—¿Notó usted algo raro en la conducta de su hermano?

—No.

—Gracias, señora, no le formularé más preguntas.

—Su turno, abogado —me indicó el juez.

—Señora Cienfuegos, ¿recuerda usted el nombre del inspector que fue a su oficina a darle la noticia de la muerte del señor Valdés?

La viuda de Esneider cerró los ojos unos instantes. Luego los abrió y me contestó:

—Sí, era el inspector Saúl O'Blanca.

—¿Recuerda qué le dijo entonces sobre el señor Valdés?

—¿Es necesario que lo diga? Apuleyo Valdés está muerto y no veo la necesidad…

Miré al magistrado-presidente.

—Conteste, por favor.

—Verá, el inspector me informó que el señor Valdés estaba siendo investigado por la policía.

—¿Por qué motivo?

—Me dijo que sospechaban de que estuviera realizando actividades de blanqueo de capitales provenientes del narcotráfico. Y que podría haberse servido de las sociedades de mi esposo para realizar las mismas. Como imagina, me quedé de piedra. Al día siguiente mandé auditar todas mis empresas.

—¿Y que resultados arrojó su investigación?

—El informe se lo hice llegar a la policía, naturalmente.

—¿Y qué decía ese informe, si puede saberse?

—Existían unas operaciones poco claras, si le sirve la respuesta.

—¿Le dijo alguna vez el señor Valdés si temía por su vida?

—Todos tememos por nuestra vida, letrado. Yo al menos temo por mi vida todos los días, desde que me levanto hasta que me acuesto. Sobre todo cuando cruzo un paso de peatones y cuando tomo un avión. Tengo pánico a volar.

Esperé a que las risas del público se acallaran.

—Me refiero a si en alguna ocasión el señor Valdés le participó que tuviera enemigos.

—¿Acaso hay alguien que no los tenga?

—Conteste por favor a la pregunta —pidió el magistrado-presidente.

—Se le veía preocupado desde hacía meses, es cierto, pero no me dijo los motivos, ni yo se los pregunté. Desde que le conocí, nunca dejó de ser una persona muy reservada. Pero tras informarme la policía de sus oscuras actividades, lo extraño sería que no tuviera enemigos.

—Por último, ¿sabe si el señor Valdés tenía algún problema de salud?

—Como le he dicho, Apuleyo era una persona muy reservada, pero no me hubiera extrañado en absoluto.

—¿Por qué razón?

—Fumaba mucho, dos cajetillas por lo menos diarias. Yo se lo recriminé en más de una ocasión, pero él siempre me contestaba que de algo había que morirse. De hecho, alguna vez cancelé alguna reunión con él, porque tenía previstas consultas médicas. También, según me contó algún miembro del Consejo de Administración, aunque yo nunca lo constaté, parece que bebía a diario.

—Muy amable, señora, no voy a hacer más preguntas.

Graciela Cienfuegos se levantó, se puso las gafas de sol y se marchó majestuosa y fría como una valquiria.

El magistrado-presidente miró la hora, agradeció a los miembros del jurado su atención y levantó la sesión. El público comenzó a desfilar en dirección a la salida. Un escalofrío, como un latigazo, me recorrió la columna vertebral. Mezclado entre los asistentes también salía de la sala, arrastrando su pierna izquierda, el inspector Ruano.

Capítulo 52

Al salir de la sala encendí el móvil y, con los nervios de punta, llamé a Rómulo Mendoza. El investigador me contestó con su tono de seminarista impasible. Ni siquiera una bomba atómica a punto de estallar bajo su cama le haría alterarse más allá de lo razonable.

—Mendoza, necesito verle en mi despacho lo antes posible.

El detective intuyó mi nerviosismo, y se ofreció a ir en una hora. Se lo agradecí y luego me acerqué hasta Mireya, que ya me esperaba en la calle.

—Me voy al despacho. Tengo una reunión en una hora. A ver si encuentro un taxi libre. Acompáñame, por favor —le pedí mientras echaba a andar—. Por cierto, hoy no he visto a Rodrigo en la sala.

—No pudo venir. Bueno —Mireya se detuvo, paseó unos segundos la mirada por el asfalto y luego alzó sus ojos verdes hasta dar con los míos—, me dijo que le disculparas, pero que esto no era lo suyo. No quiso decírtelo antes por si te enfadabas.

Suspiré.

—¿Por qué iba a enfadarme? La verdad es que lo comprendo. No todos tenemos estómago para soportar esto. Mejor que se dedique al derecho de familia. Bueno, mejor no; eso es peor que esto. Clientes insufribles que solo saben echarle la culpa a su pareja o a la suegra. Y, en toda esa guerra, de los niños nadie se acuerda, salvo los abogados. Que se decida por el Derecho Laboral. Despidos y reclamaciones de cantidad y alguna incapacidad. Eso es vida. No conozco a ningún compañero laboralista que tenga úlcera de estómago o que le haya dado un infarto antes de los cuarenta. Sí, ése debe ser el nirvana de los abogados.

Después de mi acelerada perorata, interrogué a Mireya.

—¿Y tú?

—¿Yo?

—¿También me abandonas?

Mireya sonrió.

—Nunca —prometió.

Ahora sonreí yo. Y además me fijé con detalle en lo guapa que era. Me acordé de mi amigo colombiano John Jairo y sus deseos de que sentara la cabeza. Lo siento, pendejo, pero no puedo, le transmití telepáticamente, aunque hice un notable esfuerzo y me centré en lo que tenía entre manos. Y de momento no era aquella linda chica lo que abrazaba, sino un encargo bien jodido de resolver.

—Bueno, cuéntame entonces. ¿Cómo has visto hoy a nuestros amigos del jurado?

—Estuve atenta a sus reacciones durante los interrogatorios y la verdad es que...

—Mireya, dame tu impresión, aunque no me guste. Yo no tengo ojos para seguir todo lo que pasa en la sala.

—Las declaraciones de la dama del perrito y de Cosette nos han hecho perder algunos puntos. Y las declaraciones de los policías que efectuaron la inspección ocular de la casa de Valdés y los resultados de ADN tampoco nos ayudan demasiado. Y dudo que las declaraciones de la señora Cienfuegos, intentando convencer al jurado de que Valdés tenía unos cuantos enemigos que le querían ver despedazado, tengan suficiente influencia como para convencer al jurado para que deje de mirar a Arquímedes como el autor favorito de este crimen. Al fin y al cabo, ella no deja de ser la hermana del acusado.

Alcé la mano y un taxi se detuvo al fin. Mi coche estaba en el taller, aquejado de varias dolencias mecánicas.

—No te preocupes. Mañana remontaremos con los médicos forenses.

—Eso espero, Dante. Siento no poder hacer algo más.

—Ya lo haces estando aquí —corregí a mi pupila—. No lo dudes.

—Gracias.

—Entonces, hasta mañana, colega. Aquí nos vemos.

—Aquí estaré.

Le di un casto beso en la mejilla y me subí al taxi. Di las instrucciones pertinentes al conductor, me recosté en el asiento y cerré los ojos. Me sentía agotado. Y preocupado. La presencia del inspector Ruano en la sala del tribunal no auguraba nada bueno. Al compañero de O'Blanca no se le había perdido nada en esta fiesta. Me recordó a un quebrantahuesos sobrevolando en círculos en busca de su almuerzo.

Capítulo 53

—¿Cómo le fue, jefe? —me preguntó Eva, nada más entrar en el despacho.

—Podía ir peor —contesté sincero—. Eva, me enteré de lo vuestro. Lo siento. Espero que sea algo provisional.

—No se preocupe, jefe, era algo que se veía venir.

—Bueno, si necesitas cualquier cosa, ya sabes dónde estoy.

—Gracias, jefe. Ya lo sé.

—Por cierto, si la cosa no cambia, pensaré si le sigo manteniendo en su puesto. No me gustaría que hubiera malos rollos por aquí.

—Por mí no se preocupe. Y él necesita el dinero que usted le paga.

—Está bien, Eva, como quieras. A él puedo sustituirlo, pero a ti no.

—Gracias, Dante. Es un usted el mejor jefe que he tenido.

—¿Será porque he sido tu único jefe?

—No, no es por eso, y usted lo sabe.

Se levantó, me dio un beso en la mejilla y se fue al cuarto de baño, posiblemente para que no la viera derramar una sola lágrima. Yo opté por desaparecer también y me dirigí a mi despacho. Tenía que revisar los informes de los forenses para la siguiente sesión del juicio.

Una hora y media después Eva me anunció la llegada del detective Mendoza. Luego me pidió permiso para salir antes de su hora habitual. Se lo concedí. Las crisis de amor requieren para una adecuada recuperación tratamiento en soledad.

Mendoza entró en el despacho. Estaba paliducho. Y cada vez más delgado. Si continuaba así, acabaría haciendo en la televisión anuncios de dietas milagrosas. Le invité a sentarse, aunque mi primera pregunta le llegó sin haberle dado tiempo siquiera a tocar el asiento.

—¿Qué ha averiguado del inspector Ruano?

El investigador se limpió las gafas con un pañuelo blanco, tan almidonado, que podría servir de cama elástica a un hipopótamo. Luego sacó unas notas de su inmaculada cartera de mano, aunque ni siquiera se molestó en mirarlas.

—Más que averiguar, he constatado lo que siempre se ha rumoreado por allí. Ya sabe que a pesar de los años transcurridos sigo teniendo buenos contactos en la Casa.

Asentí, porque sabía que Rómulo Mendoza había trabajado varios años en el departamento de Asuntos Internos de la policía. Hasta que se cansó de investigar a sus compañeros a cambio de un triste salario y de las lógicas miradas de antipatía de todos ellos.

—No es trigo limpio. Sancionado varias veces, ha pasado por diferentes departamentos. Su actual cometido es coordinar la lucha contra el tráfico de sustancias estupefacientes a nivel nacional.

—¿Trabajó alguna vez en Homicidios?

Ahora el detective sí consultó su libreta.

—Sí, hace cinco años estuvo a las órdenes del otro investigado, de…

—Saúl O'Blanca.

—Eso es.

—Quizá debiera devolverme sus honorarios, si me sigue trayendo respuestas que ya conozco —insinué.

Mendoza me miró y esbozó una tímida sonrisa. Todo lo que hacía este hombre lo hacía al ralentí. Hablaba pausado, no bebía apenas y fumaba todavía menos. Llevaba anillo de casado, aunque, dada su extrema pulcritud, quizá hacía el amor de forma virtual para no escandalizar al vecindario.

—Perdone. Pero esto quizás le interese más. Desde que Ruano investiga a los narcotraficantes de mayor calado, su patrimonio se ha incrementado sospechosamente. Por cierto, aparte de su buena relación con el inspector O´Blanca, su mentor, y al que creo que usted también conoce, mantenía un buen idilio con…

—¿Con Apuleyo Valdés? —pregunté, aunque ya sabía la respuesta.

Mendoza bajó la mirada a la moqueta y yo aproveché para extraer un cigarrillo de la cajetilla y prenderlo con el mechero mordisqueado por las fauces inquietas de *Caifás*.

—Dante, si ya tenía esta información, podía haberse evitado pagar por ella, ¿no cree? —me reprendió el detective con su tono sosegado de homilía dominguera.

—Necesitaba que alguien me la confirmara. Y usted, Mendoza, es el mejor y el más rápido para ello —reconocí.

—Gracias —dijo en un susurro.

—Por cierto, antes de que se marche, necesito que me confirme otro dato.

—¿Cuál?

—¿Sabe si Ruano viajó a Medellín hace unos meses?

Mendoza descendió su mirada hasta la libreta, fue retrocediendo algunas páginas, hasta que pasados unos segundos se detuvo en una de ellas. Alzo la mirada y me felicitó por el nuevo acierto.

—¿Necesita los números de vuelos y los hoteles en que se hospedó?

—Sí, por favor.

—No se preocupe, se los conseguiré —prometió.

—Lo sé. Cuento con ello.

Capítulo 54

Los dos médicos forenses se encontraban sentados en el banco delantero de la sala, con el micrófono haciendo frontera entre ambos, separado a idéntica distancia de uno y otro, como si ninguno quisiera acercarse más de lo debido, no fuera a dar calambre. La doctora Sagasti tendría unos cincuenta años, pelo castaño atado en un moño y mirada ceñuda, pero inteligente. Su colega, el doctor Amarillas, era algo más mayor que su colega, estaba calvo como un buitre y lucía una barba poblada que contrastaba con sus delgadas cejas. Sobre las piernas de ambos reposaban unas carpetas amarillas idénticas, posiblemente con los datos de la autopsia. El magistrado-presidente concedió la palabra a la fiscal.

—Señoría, antes de comenzar a preguntar a los doctores, me gustaría que se les mostrase a los miembros del jurado las fotos del cadáver de Apuleyo Valdés.

El juez accedió y ordenó que se les entregara un sobre con las referidas fotografías. Aunque la petición de la fiscal era legal, también era poco edificante, porque no se trataba de ver las fotos del veraneo de unos amigos en la playa, sino las de un pobre tipo descuartizado, del que solamente le quedaban la cabeza, sus brazos y sus piernas. Pero Nadia no era una principiante. Sabía que para ganar el caso no bastaba con que el jurado escuchara, sino que necesitaba que también viese lo que el acusado podía haber hecho. Lógico. Quería ganar, porque en un juicio solo vale ganar. En su lugar, también yo hubiera hecho lo mismo.

La presidenta del jurado extrajo del sobre las fotos con suma delicadeza, las miró de reojo y las fue pasando rápidamente a sus compañeros. La única que no palideció fue la enfermera. La experiencia es un grado, no hay duda. Al resto se le demudó el color del rostro. No era para menos. Tres de ellos, el bibliotecario, el profesor de música y la estudiante de Magisterio no quisieron mirarlas siquiera.

El magistrado-presidente se percató de la situación y se vio obligado a intervenir de nuevo. Se dirigió a los miembros del jurado:

—Sé que no es agradable y que no están habituados a ver unas imágenes como éstas. Les comprendo. Pero les ruego a todos ustedes que vean las fotos. Tampoco es necesario que se recreen en ello. Pero de ustedes depende el veredicto de este proceso y deben tener un conocimiento cabal de lo que ahora van a escuchar a los médicos forenses.

Ante el ruego judicial, que a mí, por lo menos, me sonó a mandato, todos los miembros del jurado fueron examinando las fotografías.

—Buenos días —saludó a los forenses la fiscal.

—Buenos días —respondieron como siameses los médicos.

—¿Fueron ustedes los encargados de realizar la autopsia a los restos del cadáver?

—Efectivamente —contestó la doctora, tras cederle su compañero gentilmente el micrófono—. En concreto, el diez de agosto del año pasado.

—Díganos que heridas apreciaron en el cadáver.

—El cadáver presentaba contusiones diversas en la zona de la cabeza a nivel frontal, nasal, occipital y en el labio superior. Unas seis o siete contusiones en total.

—¿Fueron causadas en vida?

—Sí, todas ellas mostraban los signos típicos de haber sido causadas cuando la persona se encontraba con vida. Tenía sangre en la cavidad nasal.

—Aunque resulta difícil determinar si las lesiones se encuentran próximas al momento del deceso, pensamos que fueron causadas poco antes de morir. Todas las lesiones del rostro presentaban características de vitalidad —apostilló el doctor Amarillas.

—¿En el cuello qué lesiones presentaba?

—Se aprecia un surco, no demasiado profundo, posiblemente causado por la acción de un lazo o de un alambre —explicó la doctora Sagasti.

—¿Quiere decir que esta persona pudo haber sido ahorcada o estrangulada? —inquirió la fiscal, oliendo la sangre como los tiburones.

—Las marcas más parecen de estrangulamiento que de ahorcamiento, porque en el estrangulamiento el surco es más uniforme, mientras que en el ahorcamiento la mayor presión está delante, es decir, iría hacia detrás. Y en este caso el surco es más generalizado —aclaró la doctora.

—¿Quiere decir que murió estrangulado? —inquirió la fiscal, aprovechando el murmullo de los miembros del jurado.

—Realmente, no puede llegarse a esa conclusión —reveló el doctor Amarillas—. Tenga en cuenta que nosotros no pudimos examinar todo el cuerpo, solamente parte de él. Ninguna de las lesiones que objetivamos tenía entidad suficiente para causar la muerte a esta persona. Incluso el ligero surco del cuello tiene signos de vitalidad, lo que quiere decir que fue hecho en vida de esta persona. Faltan signos de asfixia, porque nos falta el resto del cuerpo.

—¿Y las lesiones de la cabeza? —preguntó la fiscal a la desesperada.

—Ninguna de ellas tiene una trascendencia a nivel interno craneal para causarle la muerte —reiteró el doctor Amarillas—. Sin el resto del cadáver, no puede determinarse con precisión la causa del óbito.

—Tenga en cuenta —tomó la palabra la doctora Sagasti— que las contusiones se estudian a nivel encefálico y lo único que ha aparecido son unos leves infiltrados, lo cual descarta que los golpes en la cabeza causaran la muerte.

—Gracias —concluyó el interrogatorio la fiscal, con cara de derrota.

—Su turno, letrado.

—Con la venía, señoría. Según el informe de la autopsia, también se hicieron análisis a fin de determinar el alcohol en el cadáver.

—Efectivamente —dijo el doctor Amarillas, calzándose con esmero unos anteojos pasados de moda y repasando sus notas—. Los análisis de los músculos arrojaron un índice de 3,7 gramos por kilo, algo más de tres gramos por litro de sangre.

—¿Es eso mucho? —pregunté haciéndome el tonto.

—Es un nivel muy elevado —me contestó el doctor con mirada de profesor contrariado—. Si nos atenemos a la clasificación clásica, a partir de 2,74 ya se estaría en un indudable estado de estupor, apático, con descoordinación muscular, incapacidad para poder andar, incontinencia urinaria, vómitos o somnolencia.

—Entonces, ¿es posible que la causa de la muerte se debiera a la excesiva ingesta de alcohol?

—Lo cierto es que no hemos contemplado esa ingesta como causa de la muerte, aunque no muy por encima de ese nivel, cualquier persona se encontraría en coma etílico. Incluso sin llegar a un nivel de 4 ó 5 gramos, podría causar la muerte, todo ello con las debidas reservas, ya que en cada persona la ingesta de alcohol repercute de forma diferente.

—¿Pero puede descartarse de forma determinante como causa de la muerte?

—No —afirmaron al tiempo ambos doctores.

—¿Entonces?

—Sin el resto del cadáver tampoco podría afirmarse de forma tajante tal extremo —apuntó la doctora Sagasti.

—¿Se detectó consumo de cocaína?

—Sí. En las fosas nasales había restos de cocaína. Además, en el cabello y en la sangre del fallecido se pudo detectar su presencia. También se detectó nicotina en los análisis de los cabellos del muerto.

—¿El consumo de alcohol, de cocaína y de tabaco puede agravar las patologías cardiacas o pulmonares? —pregunté, haciéndome el tonto por segunda vez aquella mañana.

—Efectivamente. Si la persona examinada padecía del corazón o tenía problemas pulmonares, es decir, con una patología previa de estas características, el alcohol, la cocaína y la nicotina pueden producir, sin duda, la muerte de cualquier persona, más aún si padecía alguna patología como las citadas.

Hice una pausa y paseé la mirada por los miembros del jurado. Todos ellos estaban tomando notas. Entre el público, se encontraba Mireya, siguiendo con atención el desarrollo del proceso. Me animó con una sonrisa. Esta vez, para mi tranquilidad, no atisbé al inspector Ruano rondando como una hiena por allí, así que retorné mi paseo ocular a los papeles desparramados encima de la mesa.

—Y en lo referente a la fecha de la muerte, ¿puede datarse con exactitud la misma?

—Verá, letrado, determinar la fecha del fallecimiento no es fácil, más aún si han podido transcurrir tres o cuatro días por lo menos desde que el mismo hubiera tenido lugar y los restos se encuentran bastante deteriorados, como en este caso. El descuartizamiento retrasa la descomposición de manera notable.

—¿Es posible determinar entonces si esta persona murió en concreto el día tres de agosto?

—No, no es posible determinarlo con tal exactitud. Nos guiamos por las fechas aproximadas que nos indicó la policía.

—Bien. Y en cuanto a los cortes que presentaba el cadáver…

—Son cortes realizados con algún instrumento con un filo muy fino, de forma irregular, con desgarros, pero de su estudio se encargó otro compañero, el doctor Bueno.

—Gracias.

Respiré aliviado y bebí agua. Seguía sin haber una causa cierta de la muerte de Apuleyo Valdés.

Capítulo 55

Los médicos forenses salieron de la sala y fue llamado el doctor Bueno, encargado de analizar los brazos y las piernas del fallecido. El médico lucía un bigotito tan estrecho, que posiblemente se lo afeitara con un escalpelo de su colección. El cabello alborotado y la corbata ladeada y mal anudada le daban un justificado aire de sabio despistado. A preguntas de la fiscal, explicó que las lesiones de los miembros inferiores y superiores habían sido producidas con un instrumento que se deslizó sobre los brazos y las piernas, sobre el que se tuvo que hacer bastante fuerza para conseguir las desmembraciones. Quizás se empleó una sierra de alta energía o mecánica, pero no una sierra manual, porque los instrumentos manuales dejan surcos accesorios y en este caso no los había. La fiscal no preguntó más. El magistrado-presidente me ofreció preguntar. Decliné gentilmente la oferta. El botín de la jornada ya lo había obtenido minutos antes, gracias a las explicaciones de los médicos forenses.

El magistrado-presidente acordó continuar día siguiente. Me despedí de Nadia y de mi cliente, salí al pasillo, saqué una *Coca-Cola* de la máquina y, tras sustituir la toga por mi chaqueta, me dirigí a la calle. Los miembros del jurado fumaban y charlaban intercambiando opiniones sobre lo acontecido en la sala. Los observé unos instantes desde la distancia, echando en falta no saber leer los labios. A falta de tal habilidad, me encendí un cigarrillo.

Mireya se acercó hasta mí.

—¿Qué tal, colega? ¿Cómo lo viste? —pregunté a Mireya.

Me pidió un cigarrillo. Todo lo malo se contagia. Saqué uno de la cajetilla, lo encendí y se lo pasé.

—Mejoró la cosa, ¿verdad?

—Eso creo —repuse de buen humor.

—Ya solo queda un testigo.

Sonreí.

—Cierto. El inspector O'Blanca. Le dejaron para el final. Parece que ha estado fuera del país por los motivos de salud de su hijo.

—¿Vas a apretarle mucho? —quiso saber la muchacha.

Miré con seriedad a mi fiel escudera y negué con la cabeza.

—Es mi amigo.

Me despedí de Mireya. Tenía que marcharse a trabajar. Esta vez el beso de despedida me lo concedió ella, aunque lo posó fugazmente sobre mis labios.

—Hasta mañana, abogado —me dijo con una sonrisita.

—Adiós, abogada —alcancé a decir en un susurro, pero ella ya se había alejado.

Me disponía a buscar un taxi, pero un coche oscuro de seis metros de largo y con las lunas tintadas se detuvo a mi lado, tan silencioso como un fantasma. La ventanilla trasera derecha descendió apenas diez centímetros.

—Sube, Dante. Te invito a comer —me propuso Graciela Cienfuegos—. Te lo has ganado. Y, por lo que veo, no soy la única que lo piensa.

Subí al coche sin hacerme de rogar. Tres razones poderosas justificaron mi rápida decisión: tenía mucha hambre y me apetecía pasar una sobremesa diferente, pero, sobre todo, porque el chófer de aquel lujoso acorazado con ruedas era un tipo rubio de buena presencia, y por fin empezaban a encajar en mi cabeza todas las piezas de aquel maldito puzle.

Capítulo 56

La comida fue excelsa, no lo voy a negar. Acostumbrado a comer a deshora, de forma urgente y en el primer lugar que en el que uno aterriza tras salir a destiempo de los juzgados, aquella tarde me tomé cumplida venganza y no me levanté de la mesa hasta una hora después haber comenzado el lujoso y apetitoso menú que me ofrecieron en la mansión Esneider. Después, mi anfitriona me hizo pasar a su biblioteca. Mientras esperaba su regreso con mis sencillas peticiones, opté gustoso por pasearme absorto una vez más por la lujosa estancia, con la mirada puesta en los miles de libros allí aparcados, extraer algunos de sus estantes, acariciarlos con deleite y leer algunas de sus sabias palabras encerradas en ellos. Cada vez que me abandonaban en aquella habitación, me sentía tan satisfecho como el fetichista de ropa interior que tiene la fortuna de trabajar en una tienda de lencería. Cuando Graciela regresó quince minutos después, envuelta en un kimono de seda china, portando una botella de coñac francés más antigua que las cuevas rupestres y un puro cubano tan largo como mi antebrazo, me encontró leyendo a Homero. Las peripecias de su *Odisea*, comparadas con las mías, empezaban a parecerme un juego de niños.

—Ten —me dijo entregándome los presentes—. La comida te la ganaste. Espero que el postre te lo merezcas también.

—Yo siempre me merezco los honorarios que me pagan —contesté con sinceridad.

Graciela se quitó el kimono. Nos besamos sin dudar e hicimos precipitados el amor sobre el sofá de piel. El coñac y el puro podían esperar. Y también las explicaciones que me debía la viuda de Esneider.

Capítulo 57

El inspector O'Blanca entró en la sala con aspecto cansado. Las sombras bajo sus ojos le emparentaban con los mapaches. Había perdido unos cuantos kilos en los últimos meses. Su cuerpo bailaba dentro del traje marrón que le albergaba. Prometió decir verdad, aunque yo me temía que no dijera todo lo que sabía. La fiscal estaba seria. Sabía que el juicio se le escapaba. La ausencia del tórax de Valdés imposibilitaba dar con la causa de su muerte y la petición de mostrarles a los miembros del jurado las fotos de sus restos no le había favorecido. A éstos, una vez pasado el susto, se les veía más despreocupados. Sabían que el juicio estaba terminando y ansiaban recuperar cuanto antes sus anónimas vidas alteradas por el juicio.

—Inspector, comente, por favor, cuál ha sido su intervención en este asunto.

—Dirigí la investigación del asesinato de Apuleyo Valdés.

—Perdón, señoría; si fue o no asesinato es el motivo por el que estamos todos aquí —protesté, echando una mirada glacial a O'Blanca.

—Cierto, letrado. Aunque no era necesario que usted lo apuntara, porque ya iba a hacerlo yo, si me lo permite, claro está.

—Por supuesto, señoría —acepté deportivamente la amable reprimenda.

O'Blanca me miró con cara de pocos amigos. Pero él hacía su trabajo y yo el mío. Y se olía a la legua que, siendo O'Blanca el último testigo del juicio y estando el juicio como estaba, la fiscalía le había dado algún que otro consejo antes de entrar en la sala. Era un caso demasiado vistoso como para dejar escapar sin mácula al acusado.

—Como ha dicho el abogado defensor, este proceso tiene por objeto determinar la culpabilidad o la no culpabilidad del acusado —expuso con tono docente el magistrado-presidente, dirigiéndose a los miembros del jurado—, labor que, por cierto, les incumbe solo a ustedes—. Por tanto —y ahora se dirigió al testigo—, entiendo, inspector, que usted quería decir que dirigió la investigación de la muerte del señor Valdés, ¿no es así?

—Así es, señoría. Pido excusas si me expresé mal —argumentó avinagrado el policía.

—Bien, señora fiscal, continúe con el interrogatorio.

—Inspector, díganos los indicios que les llevaron hasta la detención del ahora acusado.

—Apuleyo Valdés estaba siendo investigado por los compañeros de Delitos Económicos. Se sospechaba que se servía de su alto cargo en las sociedades de Jacobo Esneider para blanquear dinero del narcotráfico a espaldas de aquél. Por otro lado, Valdés ya había sido investigado hacía unos años por narcotráfico, aunque nada se pudo probar finalmente. En ese contexto fue cuando se acordó judicialmente la interceptación de los teléfonos de Apuleyo Valdés. Y, precisamente, en una de esas conversaciones aparece una llamada de Valdés a Arquímedes Cienfuegos, en la que le invitaba el día tres de agosto para salir a pescar en el barco que poseía Valdés. Esa llamada, realmente, nada aportaba a las investigaciones de narcotráfico que estaba llevando mi compañero, el inspector Ruano. Pero cuando Apuleyo Valdés apareció descuartizado el seis de agosto, pedí a mi compañero que me proporcionara una copia de las transcripciones, por si de las mismas resultaba algún indicio fiable al que seguirle la pista.

O'Blanca hizo una pausa y bebió un trago de una botellita de agua que llevaba en el bolsillo de la chaqueta y cuyo líquido, probablemente, no era de agua mineral. Yo aproveché el intervalo para mirarle, pero él rehuyó encontrar mi mirada, aunque nada podía reprocharle por no contarme todo lo que sabía, porque yo, aunque fuera su amigo, no dejaba de ser el abogado del acusado. Lo que mi amigo desconocía era que lo que él ahora estaba contando en la sala coincidía con la información que el periodista Ulises Santos había conseguido también reunir y que le costó la vida a él y a Rebeca Spinoza. Información que yo ya poseía desde hacía meses.

—Pero, inspector, supongo que aparte de la llamada a Arquímedes Cienfuegos, habría más llamadas en los días previos a la muerte de Apuleyo Valdés.

—Cierto. Fuimos investigando todas las llamadas. Cuando dimos con la realizada al acusado, creo que fue realizada el treinta y uno de julio, cotejamos el resto de pruebas y le detuvimos.

—¿A qué pruebas se refiere?

—Principalmente al testimonio de una persona que le vio entrar en la vivienda de Apuleyo Valdés el tres de agosto. Una señora que, tengo entendido, ya ha declarado aquí.

—¿Y una vez detenido?

—Se solicitó una orden judicial de entrada y registro en su casa. En el maletero de su coche encontramos unos pantalones manchados. Los análisis arrojaron que la mancha era de vómito. El ADN coincidía con el del fallecido. Además se encontraron unos cabellos del acusado y sus huellas dactilares en la casa del finado.

—Gracias, inspector —concluyó la fiscal, que, por fin, estaba radiante.

—Letrado, cuando quiera —indicó el magistrado-presidente.

—Inspector, ¿el señor Cienfuegos reconoció en algún momento haber matado a Apuleyo Valdés?

—No. Se negó a declarar en comisaría y creo que tampoco lo hizo en el juzgado de guardia. Imagino que usted le asesoró en esa dirección —indicó el policía tomándose cumplida venganza.

Touché. Estupenda réplica. Ésta te la guardo, me dije.

—Aparte de los pantalones y de dos cabellos del acusado en la vivienda del fallecido, ¿qué más indicios tenían frente a él?

—Ésos nos parecieron suficientes. Y a la Fiscalía y al juez encargado de la instrucción, también.

—Ha dicho usted que el señor Valdés estaba implicado en operaciones de blanqueo de capitales y de narcotráfico, ¿no es así?

—Así es.

—De ser así, ¿no investigaron dentro de ese entorno a otros posibles sospechosos?

—Sí, lo hicimos. Pero los descartamos. Todos ellos tenían coartadas acreditadas y alguno de ellos ni siquiera se encontraba en España el día tres de agosto.

—¿Y sabe si esas personas, también investigadas, se encontraban el día dos o el día cuatro o el día cinco o el día seis de agosto en este país?

Ante el silencio del inspector, aclaré mi pregunta.

—Se lo digo, porque nadie ha sido capaz en una semana de juicio de decirnos ni cuándo, ni dónde, ni cómo murió Apuleyo Valdés. ¿O es que acaso lo sabe usted?

—Me remito a las investigaciones.

—¿Y en esas investigaciones resulta acreditado que Apuleyo Valdés muriera el día tres de agosto?

—Ciertamente..., no —reconoció dubitativo mi amigo.

—Y en esas mismas investigaciones, ¿aparece algún motivo para que Arquímedes Cienfuegos asesinara y descuartizara posteriormente a Apuleyo Valdés?

—No, pero nuestra hipótesis es que le mató al enterarse de los negocios turbios que llevaba a cabo Apuleyo Valdés. Quiso proteger a su hermana, la viuda de Jacobo Esneider o, más concretamente, proteger su patrimonio empresarial. Por eso fue a su casa. Supongo que para advertirle. Y la cosa se le fue de las manos.

—¿Y no pudo deberse la muerte de Apuleyo Valdés a un ajuste de cuentas por parte de las personas con las que trataba sus otros negocios?

—Lo consideramos, pero lo desechamos, cuando las evidencias apuntaron al acusado.

—¿En ese momento dejaron de investigar otras posibilidades que no fueran Arquímedes Cienfuegos?

—Efectivamente.

—¿En las grabaciones telefónicas aparece alguna amenaza realizada por el acusado al señor Valdés?

—La verdad es que no.

—Por cierto, inspector, ¿qué fue de la grabación original en la que hablan el acusado y el fallecido?

—Fue destruida, porque no guardaba relación con la investigación seguida a Apuleyo Valdés por blanqueo de capitales.

Y su trascripción se aportó a esta causa, pero fue acordada su nulidad, como bien sabe usted.

Claro que lo sabía, porque fui yo quien solicitó su nulidad, y la misma fue acordada por el juez instructor, al no quedar constancia del original del que procedía la trascripción.

—¿Recuerda usted cuándo se produjo la última conversación telefónica de Apuleyo Valdés?

—El día uno de agosto por la mañana.

—¿Recuerda si era una llamada nacional o internacional?

—Era una llamada a Colombia.

—¿La persona a la que llamó, estaba siendo investigada por sus compañeros de la Unidad de Crimen Organizado?

—Sí —reconoció a regañadientes el policía.

—Gracias, inspector, eso es todo. No haré más preguntas, señoría.

Capítulo 58

El magistrado-presidente informó al jurado que la totalidad de las pruebas propuestas y admitidas habían sido practicadas. Era el turno de los informes finales de la Fiscalía y de la Defensa. Como no podía ser de otra forma, Nadia, como representante del Ministerio Fiscal, mantuvo su imputación de asesinato contra Arquímedes Cienfuegos.

—Señoras y señores del jurado, ha quedado plenamente acreditado que el día tres de agosto del año pasado, sobre las ocho de la mañana, el acusado acudió a la vivienda de Apuleyo Valdés y por motivos no del todo aclarados, pero probablemente al tener conocimiento de las actividades ilícitas que éste pudiera estar realizando sirviéndose de las empresas de su hermana, tuvo un violento enfrentamiento con éste, causándole diversas heridas y, finalmente, la muerte. Después, con el ánimo de encubrir el delito, procedió a descuartizar su cadáver y lo arrojó a diferentes contenedores de basura, siendo halladas el seis de agosto unas bolsas que contenían la cabeza, los brazos y las piernas del muerto. Prueba de la autoría del acusado en este atroz crimen son dos cabellos del acusado encontrados en la casa del fallecido, sus huellas dactilares en la ventana de la cocina y en la barandilla de la escalera y el ADN de Apuleyo Valdés en los pantalones del acusado. Y a lo anterior hay que añadir el testimonio de las dos testigos. Así, la primera de ellas no solo sitúa al acusado la mañana del tres de agosto en las inmediaciones de la casa de Apuleyo Valdés, sino que incluso dicho testigo vio como el acusado llegaba a acceder a la misma. Y la segunda testigo confirmó la presencia del acusado esa misma mañana en la cafetería que está próxima al domicilio del fallecido. En definitiva, no hay duda de que el acusado, prevaliéndose de su mayor envergadura y del estado etílico de Apuleyo Valdés, le golpeó de forma continuada y brutal, e intentó estrangularle a continuación, aunque desistió, probablemente, de esta última acción al percatarse de su muerte. Es por ello que la petición que hacemos sea de asesinato y no de homicidio, ya que el acusado actuó de forma alevosa, sorprendiendo a su víctima, que no pudo defenderse siquiera. De lo contrario, los médicos forenses hubieran apreciado en sus dedos signos de defensa. Por todo ello, solicito de ustedes un veredicto de culpabilidad.

La fiscal concluyó su informe. Estuvo sobria e inteligente. Resaltó las pruebas que incriminaban al acusado y escamoteó hábilmente a los miembros del jurado todo aquello que no había conseguido probarse durante las sesiones del juicio.

—Su turno, abogado.

Miré al juez, eché un vistazo fugaz mis notas y finalmente fijé mi mirada en las once personas que integraban el jurado.

—Señoras y señores, no lo niego, la fiscal ha estado convincente. Pero eso no es suficiente para condenar a Arquímedes Cienfuegos por la muerte de Apuleyo Valdés. El primer día escucharon ustedes a mi cliente. Efectivamente, estuvo la mañana del día tres de agosto en casa de éste y así lo ha reconocido, porque nada tiene que ocultar, de ahí que los testimonios de las dos testigos lo único que hacen es ratificar algo ya reconocido por mi cliente. Pero si mi cliente fue a casa de Apuleyo Valdés, fue porque fue invitado por éste días antes, no lo olvidemos. Así se desprende tanto de lo declarado por el propio Arquímedes, como de la trascripción de la conversación telefónica mantenida entre ambos y que ha sido narrada esta misma mañana por el inspector encargado de la investigación. A partir de ese momento, solo tenemos la declaración de mi defendido: que llegó a la casa de Apuleyo Valdés, que, tras varios minutos de tocar el timbre y no obtener respuesta, se decidió a abrir la cancela y, preocupado por su ausencia, optó por acceder a su interior por una de las ventanas de la casa. Y allí no había nadie. Que sus cabellos o sus huellas dactilares estuvieran en la casa, queda justificada por su presencia en la casa, hecho no negado por mi cliente. La mancha de vómito en el pantalón también quedó explicada por el propio acusado. Las cuestiones que siguen sin resolverse tras una semana de juicio son las mismas que nos planteábamos al inicio: cuándo murió Apuleyo Valdés y cómo murió. Sobre el cuándo, nada podemos afirmar, ya que los médicos forenses no han podido pronunciarse sobre ello, ya que cuando se descubren sus restos, el día seis de agosto, Apuleyo Valdés llevaba varios días muerto, sin que pueda determinarse exactamente cuántos días llevaba fallecido. Es decir, su muerte pudo acontecer cualquier día desde el uno de agosto, última conversación telefónica que mantuvo Apuleyo Valdés, según nos ha indicado el inspector de policía, en adelante. Es decir, por mucho que insista la señora fiscal, nadie puede asegurar que el fallecimiento tuviera lugar el mismo día tres de agosto, fecha en que mi cliente fue a su casa. Y en lo referente a la causa de la muerte, seguimos como al principio. Se desconoce el motivo de su muerte, pues ni los golpes que aparecen en el rostro, ni el surco causado en el cuello fueron lesiones mortales, como afirmaron los médicos forenses. Queda, por otro lado acreditado que Apuleyo Valdés debía encontrarse en estado semicomatoso cuando falleció, debido a la ingesta de alcohol y cocaína. Y también está acreditado que tenía problemas cardiovasculares. Por último, hemos escuchado al inspector de policía encargado de la investigación afirmar que Apuleyo Valdés se dedicaba a blanquear capitales procedentes del narcotráfico. ¿Es posible asegurar que su muerte no estuvo relacionada con ello? ¿Es posible que alguien le propinara una paliza y muriese no de los golpes, como han dicho los forenses, sino por su elevado grado de alcohol en sangre? Recuerden, nos falta el tórax de la víctima, por tanto, no podemos conocer qué le causó su muerte. Solo podemos saber que alguien le descuartizó, probablemente para ocultar su muerte, lo que no impide que quien o quienes le descuartizaron lo hicieron ante el temor de haberlo matado, cuando, quizás, Apuleyo Valdés falleció súbitamente por la mezcla de alcohol y cocaína que consumió antes de morir. Y, precisamente, por ello se explica que éste no se defendiera cuando se le trató de estrangular, porque con la tasa de alcohol en sangre que tenía, probablemente se encontraba inconsciente, muriendo acto seguido. Obviamente, quien o quienes descuartizaron su cadáver, lo hicieron desconociendo esta circunstancia. Pero es más; tampoco sabemos dónde se realizó el descuartizamiento, ni con qué herramienta, ya que la policía no lo ha averiguado. En definitiva, es más que probable que cuando el día tres de agosto Arquímedes Cienfuegos acudió a la casa de Apuleyo Valdés y no lo encontró allí, éste ya se encontrara muerto y descuartizado. Pretender, como pretende, el Ministerio Fiscal la condena de mi cliente por su asesinato, cuando desconocemos cuándo murió y de qué murió Apuleyo Valdés es inaceptable, porque su presunción de inocencia no puede verse desvirtuada solamente por la presencia de dos cabellos o del ADN de la víctima en sus pantalones, pues tales indicios lo único que prueban es que mi cliente estuvo en la casa del fallecido, no que le matara. Lo cierto es que la policía se conformó con unos indicios demasiados endebles y siguió la pista equivocada. Por tanto, valoren las escasas pruebas de cargo del Ministerio Fiscal y llegarán a la misma conclusión que esta Defensa, y es que no se ha probado que Arquímedes Cienfuegos asesinara a Apuleyo Valdés. Por ello les pido que emitan un veredicto de no culpabilidad. Muchas gracias.

Acto seguido, el magistrado-presidente entregó al jurado un escrito con el objeto del veredicto, sobre el que debía pronunciarse, junto al acta del juicio y copia de los informes periciales. Después, con la paciencia de un maestro de escuela, explicó a los miembros del jurado su función, las reglas para deliberar y votar, así como que la presunción de inocencia siempre ampara al acusado, mientras no se demuestre su culpabilidad con pruebas de cargo suficientes para quebrar tal presunción. Pero en caso de duda, insistió, deben decidir en el sentido más favorable para el acusado. Los miembros del jurado siguieron atentos la charla procesal del magistrado-presidente y, cuando éste terminó, se retiraron a deliberar a una apartada sala del edificio.

Capítulo 59

Nadia estaba sentada frente a mí en un coqueto restaurante francés al que habíamos acudido a comer. Era la primera vez en tres años que lo hacíamos. La muerte de Beatriz fue una grieta imposible de esquivar. Dicen que el paso del tiempo lo cura todo. Yo no lo creo así. Y ella tampoco.

—Estuviste bien —reconocí, entre sorbo y sorbo de la copa de vino que nos había traído el camarero.

—Tú también —me devolvió el cumplido.

—¿Qué crees que pasará? —la pregunté.

—¿Y tú? —me preguntó a su vez.

Ambos nos reímos de buena gana. La tensión de la última semana empezaba a evaporarse. Nadia seguía siendo la hermosa mujer con la que compartí unos cuantos años de mi vida, aunque ahora llevaba el cabello más corto y teñido de castaño. Pero el lastre de perder una hija lo seguiría llevando grabado en sus ojos el resto de su vida. Mi luto, sin embargo, lo dejé encerrado en un cajón de mi escritorio, donde guardé todas las fotografías de mi hija. El día que detuvieran al autor de su muerte, me sentiría con fuerzas para volver a mirarlas.

Comimos tranquilos, mientras charlábamos de cosas ajenas a los tribunales. Me contó que mientras encontraba una casa que le gustara compartía piso con otra fiscal y que trataba de ser feliz, pero que nunca lo conseguiría. Ya no. Me preguntó si vivía con alguien.

—Sí.

Mi respuesta pareció no gustarle.

—¿Cómo se llama? —me preguntó con frialdad.

—*Caifás.*

Ante su sorpresa, le expliqué que a *Caifás* me lo encontré abandonado, obviando el resto de la penosa historia de lo sucedido con sus dueños anteriores. Luego, le enseñé una foto de mi socio perruno.

—Qué gracioso —reconoció Nadia con una sonrisa que me removió el alma.

Nuestra conversación la interrumpió el timbre de mi teléfono móvil. Era Rómulo Mendoza.

—Perdona, Nadia, pero es importante —me disculpé.

—No te preocupes, contesta.

—¿Qué hay, Mendoza? —pregunté.

—Disculpa, Dante. Pero supuse que querrías saberlo cuanto antes. Le he encontrado.

Miré fijamente a Nadia. Tomé la copa de vino, pero la dejé al instante. Me temblaban las manos.

—¿Dónde estás ahora?

—Enfrente de su casa. Le espero en la taberna irlandesa que está en la misma calle.

Saqué del maletín una cuartilla, la apoyé sobre el periódico y escribí la dirección que me dio el detective con tanta fuerza que casi desgarro el papel. Luego doble en dos el papel y me lo guardé en el bolsillo. Con los nervios, no me apercibí que la anotación había quedado claramente grabada en la primera página del periódico.

—Espérame allí —le ordené al detective.

—Aquí estaré —confirmó Mendoza.

—Lo siento, Nadia, he de marcharme. Siendo viernes, supongo que hasta el lunes no tendremos el veredicto.

—Posiblemente. Trata de estar localizado en cualquier caso.

—Lo haré —prometí.

—Cuídate, Dante, no tienes buen aspecto. Deberías tomarte unas vacaciones.

—Lo haré estas Navidades —prometí también.

Pagué la cuenta, besé a Nadia en la mejilla y me marché tan deprisa del restaurante, que me dejé olvidado el periódico. Unos días más tarde comprendería mi error imperdonable.

Capítulo 60

Media hora más tarde llegué a la dirección indicada. Aparqué el coche en doble fila delante del pub irlandés en que me había citado con Mendoza y entré en el local. El detective, sentado en una mesa con vistas al exterior, se estaba bebiendo una pinta de cerveza negra. No tenía buen aspecto.

—¿Quieres tomar algo?

—Un whisky escocés con hielo.

El detective llamó a la camarera e hizo el encargo. Cuando la joven que nos atendió se había alejado, sacó un folio arrugado de su bolsillo, lo planchó con la mano y me informó de sus pesquisas.

—Nuestro amigo se llama Lázaro Gaviria. Tiene veintiocho años. Trabaja como bróker para una sociedad domiciliada en Londres. Los últimos tres años ha vivido allí.

—Parece que no tenía muchas ganas de volver por aquí —opiné.

—Eso parece. Ni siquiera se le ha visto el pelo en vacaciones, aunque en estos tres años vino una vez. A los nueves meses del accidente. Y ahora su empresa le ha enviado de regreso para que siga trabajando para ellos desde aquí.

—¿Dónde vive?

—Es allí enfrente. En el ático del edificio.

Eché un vistazo a través de la cristalera. Empezaba a lloviznar.

—¿Está ahora en su casa?

—No. Es persona de rutinas fijas; termina su trabajo, se va al gimnasio un par de horas, luego se compra la cena en el supermercado de la esquina y sube a su casa. Llegará en quince minutos.

Me pedí otro whisky. Mendoza no pidió nada esta vez. Estaba de servicio. Yo no. Esperamos. A los veinte minutos un *Porsche* de color rojo entraba por el acceso al garaje del edificio. Un tipo moreno bien parecido con gafas de sol, a pesar de la lluvia, conducía aquel bólido.

—Es él —certificó el detective—. Saldrá en quince minutos y se dirigirá al supermercado.

—¿Estás seguro? —pregunté sin poder ocultar mi ansiedad.

—Todos los datos apuntan a él. Me apuesto mi licencia.

—Espero que esta vez estés en lo cierto —deseé, aunque tres años de búsqueda infructuosa me estaban conduciendo a un estado de resignación perpetua.

El detective, comprensivo, pasó por alto mi apunte.

—Gaviria vivía en la ciudad hace tres años, pero no en ese ático. Entonces estaba comenzando su meteórica carrera en el mundo bursátil. Y su coche no era ese *Porsche* de color rojo. Era un *Volvo* de segunda mano, de color negro. Además, he localizado el taller al que llevó el coche nueve meses después del accidente para que arreglaran el golpe en el faro derecho. Una vez arreglado, lo vendió a un alemán jubilado que vive en la costa, aunque, por lo que parece, a éste no le duró mucho. El vehículo aparece actualmente dado de baja en los archivos de Tráfico.

Mendoza hizo una pausa, como si necesitara reunir todas las fuerzas del universo para concluir su informe.

—¿Qué más? —le apremié.

—También localicé y hablé con la persona que iba con Gaviria en el coche aquella tarde. No le va también como a nuestro amigo. Se llama Katia. Ucraniana. Trabaja en un club de alterne de mala muerte a las afueras de la ciudad. Unos cuantos billetes y se le soltó la lengua. Si no habló entonces fue porque no tenía los papeles en regla y no quería que la expulsaran. Y también porque él la convenció con dinero para que tuviera la boca cerrada. Como ya no le queda un céntimo, no dudó en largarme todo lo que pasó a cambio de una generosa retribución.

—Ya.

—¿Qué vas a hacer ahora, Dante?

Sobé la cajetilla de tabaco, deseando fumarme un cigarrillo.

—De momento quiero ver otra vez la cara de ese hijo de perra. Después no lo sé —respondí sombrío—. Déjame el dossier de ese tipo y el de tus antiguos compañeros. Ya te llamaré.

—Ten. El único ejemplar lo tienes ahora en tus manos. No lo pierdas. La información le servirá a la policía.

—Estoy seguro —respondí, aunque lo cierto es que en ese momento no estaba demasiado convencido de que aquella información fuera finalmente a parar a la policía.

—Ahora, Mendoza, vete a descansar. Se te ve agotado. Mañana te haré una transferencia por el resto de tus honorarios.

—De acuerdo.

Mendoza me dirigió una mirada compasiva, me estrechó la mano y abandonó el local. Fue la última vez que le vi con vida.

Capítulo 61

Después de ver desde la distancia el rostro del verdugo, pagué y salí del local. Me encendí un cigarrillo y medité qué hacer. La lluvia me estaba empapando, así que metí en el coche. Abrí la carpeta que me había entregado Mendoza, busqué el local donde trabaja la chica ucraniana y decidí hacerle una visita. Tardé una hora en llegar hasta allí. El club se llamaba *China Girl*. Ocho coches se encontraban estacionados en el aparcamiento. En la puerta, un portero con cara de pocos amigos me franqueó la entrada. Una cortina roja, pesada como el telón del escenario de un teatro, impedía visualizar sus entrañas. La aparté con esfuerzo y pasé al interior que se encontraba casi en penumbra. Una chica de melena pelirroja y no demasiado vestida hacía un numerito erótico sobre un pequeño escenario ante el escaso público asistente. Me dirigí a la barra, me senté en un taburete, oteé los licores de los estantes y, sospechando su ínfima calidad, opté por una cerveza. El camarero, un tipo rubio con coleta y de gestos amanerados, me la sirvió sin decir ni pío.

—Estoy buscando a Katia —le dije mientras pagaba la consumición y miraba en derredor por aquel antro descatalogado de cualquier guía de ocio.

El barman recogió el billete, se fue a la caja registradora, sacó unas monedas y las dejó sobre la barra.

—Es la rubia de aquel taburete —me indicó con voz afeminada, señalando al fondo de la barra.

Empujé las monedas hacia el camarero y le di dos tragos a la cerveza. Iba a mirar en la dirección indicada, pero una señorita sobrada de peso se situó a mi lado, tapando mi campo visual.

Iba embutida en un vestido verde demasiado estrecho y demasiado corto para su tamaño y estatura, y caminaba sobre unas plataformas que posiblemente requerían la escalerilla de un avión para subirse a ellas.

—Hola, cariño. ¿Cómo te llamas? —me interrogó con voz acaramelada.

—Caifás —respondí sin pensar—. ¿Y tú? —pregunté por cortesía, porque, ciertamente, tenía pocas ganas de conocer su pseudónimo.

—Alexandra —me dijo acercando a mi oído su boca untada de carmín rojo.

Su apodo no me dijo nada, pero el intenso olor de su perfume casi me derriba del asiento.

—¿Me invitas a una copa, cariño? —propuso la recién llegada, mientras me acariciaba la entrepierna.

Con delicadeza le aparté su inquieta mano.

—Lo siento, he quedado con una amiga.

—Bueno, guapo, si te arrepientes, estaré por aquí —respondió, batiéndose en retirada.

La chica se aprestó a darme un beso de despedida en la mejilla, pero tuve los reflejos suficientes para que solamente me rozara y no me dejara tatuados de por vida sus generosos labios rojos. Desocupé con urgencia mi taburete, cogí el vaso de cerveza y me acerqué a Katia.

—Hola —saludé a la mujer rubia que me había indicado el camarero.

La chica, vestida con un escotado vestido negro de tirantes, se conservaba bien, aunque se apreciaba que sus tiempos de gloria ya habían pasado hacía algún tiempo.

—Hola, amor. Invítame a una copa. Estoy aburrida.

La invité a uno de los brebajes que servían allí. Yo me pedí otra cerveza.

—¿Nos conocemos? —me preguntó después de darle un generoso trago a su bebida.

—No.

—Lo suponía. Yo siempre me acuerdo de las caras, aunque nunca de los nombres. ¿Qué te apetece, amor?

—¿Tú qué crees?

—Vamos arriba entonces. Estaremos más cómodos —me propuso solícita.

Acepté sin dudar. Necesitaba escuchar de su boca lo que el investigador me había adelantado hacía unas horas. Y no quería interrupciones.

Tras pagar la habitación en la recepción regentada por una madame sexagenaria y parlanchina, subimos a la primera planta y entramos en una habitación tan estrecha como una caja de zapatos y tan mal ventilada como el vestuario de un equipo de rugby. Katia se sentó en la cama, abrió su bolso, sacó una papela del tamaño de una sábana, descargó su contenido sobre la mesilla, dispuso dos rayas continuas tan largas como las de una autopista alemana y aspiró una de ellas con tanta fuerza que debió llevarse consigo hasta el polvo de la moqueta.

—¿Quieres? —me preguntó haciendo muecas.

—No, preciosa, en otra ocasión.

—Como quieras.

—Ayer hablaste con un amigo mío —le dije, sentándome a su lado.

Me miró con un cigarrillo entre los dedos. Se lo encendí y yo me encendí otro.

—¿Ah, sí?

La muchacha me miró con las pupilas dilatadas y la punta de la nariz tiznada de blanco.

—Quiero que me repitas lo que le contaste a él.

La chica le dio un trago a su pócima.

—¿Te dijo lo que me pagó por ello?

—Sí.

—Esta noche cuesta el doble. No me gusta repetirme —advirtió.

Saqué de mi cartera unos cuantos billetes. Katia quiso cogerlos, pero se lo impedí.

—A mí tampoco me gusta repetirme. Primero cuéntame qué pasó aquel día. Después te pagaré.

—Otra vez la historia del accidente —dijo con voz resignada.

—Otra vez.

La chica apuró su copa y aspiró con ahínco la segunda raya. Las telarañas del techo temblaron. Luego le encendí otro cigarrillo y me confirmó que Lázaro Gaviria había atropellado a una niña en un paso de peatones hacía tres años, dándose a la fuga. Ella iba con él.

Capítulo 62

Llegué a casa pasadas las tres de la mañana. *Caifás* se abalanzó feliz sobre mis piernas, ajeno a las miserias humanas. Me fui a dar una vuelta con mi peludo amiguito por el parque cercano a mi casa, donde no hacía mucho salí una tarde a correr con Rebeca Spinoza. Media hora más tarde regresamos, calados ambos hasta los huesos por la lluvia impenitente de noviembre. Sequé al chucho con una toalla vieja y le di su cena, que resultó mucho mejor que la mía, porque yo no cené. Mi estómago no estaba para soportar cosas sólidas, así que me abrí una botella de vodka polaco y me bebí media de una sentada. Las primeras luces de la mañana, que pugnaban por entrar a través de las rendijas de las persianas, me encontraron derrumbado horas después en el sofá cuando sonó el timbre del teléfono. Abrí los ojos, pero tardé unos instantes en reconocer dónde estaba. En el suelo, junto a mí, el álbum de fotos de Beatriz. Una punzada inaguantable taladró mi corazón. El teléfono seguía sonando. Contesté. Era el inspector O'Blanca. Al escuchar mi voz, el policía presumió con acierto que le había dado bien a la botella.

—Dúchate, Dante. Pasaré a buscarte en cuarenta y cinco minutos.

Miré mi reloj. Las ocho de la mañana. Este hombre tenía el don de la inoportunidad.

—O'Blanca, si es por el interrogatorio de ayer, sin rencores, amigo, ya sabes que…

—Dante, vete a la mierda. No te llamo por eso.

—¿Qué coño quieres entonces un sábado a esta hora?

—Rómulo Mendoza —mencionó.

—¿Qué pasa con él? —pregunté alarmado, mientras me incorporaba del sofá como si me hubieran pinchado con una bayoneta.

—Ha aparecido en un callejón cercano a su casa, tirado entre los cubos de la basura. Le han rebanado el cuello. Parece un robo. Le han quitado la cartera y el reloj. Se ve que quien lo hizo no encontró su teléfono. Estaba debajo de uno de los contenedores. Se le debió caer en la refriega. La última llamada de su móvil es de ayer por la tarde, precisamente a ti.

Sentí ganas de vomitar. El teléfono se me cayó al suelo y casi escalabra en su trayectoria descendente al pobre *Caifás*, que seguía como un pez rémora mis pasos deslavazados de un lado a otro del salón.

—Dante, ¿estás escuchando?

Recogí el teléfono. La cabeza me daba vueltas como una noria.

—Sí —respondí con un hilo de voz—. Pasa a buscarme. Te espero.

Capítulo 63

Cuando subí al coche de O'Blanca, éste me inspeccionó de arriba a abajo.

—Estás hecho un asco —me reprendió, al tiempo que arrancaba el automóvil.

—Lo sé —respondí, bajando la ventanilla a pesar del frío.

—Te lo debiste pasar muy bien anoche.

—No creas. ¿Dónde vamos?

—Vamos al depósito a ver a Mendoza. A lo mejor así se te refresca la memoria y me cuentas en qué lío andas metido ahora. Quizá deberías abandonar la abogacía y poner una funeraria. Siento decirlo, pero quien se acerca a ti acaba criando malvas.

—No sé a qué te refieres.

El policía se detuvo ante un semáforo en rojo. Se encendió uno de sus malolientes cigarrillos, le dio tres caladas, bajó su ventanilla y lo arrojó al asfalto. Luego me soltó un certero codazo en la boca del estómago que me dejó sin aire. Me doblé como un mayordomo al paso de sus señores, pero enseguida me incorporé, porque O'Blanca me tiró del pelo y me echó la cabeza hacia atrás.

—Dante, no juegues conmigo —me advirtió, continuando la marcha como si tal cosa.

—Para —le dije, apenas recorridos doscientos metros.

O'Blanca giró a la izquierda y detuvo el automóvil en una calle sin salida. Descendí y vomité el vodka, la cerveza y el whisky que había ingerido la víspera, aunque no necesariamente por ese orden. El policía bajó del coche y me dio una botella de agua. Bebí agradecido. Una vez recuperado, me encendí un cigarrillo.

—Caminemos —propuse.

—Está bien. Vamos —aceptó el policía.

Caminamos unos minutos en silencio. Llegamos a un parque y nos sentamos en un banco.

—Sé quién mató a Apuleyo Valdés —le dije sin resuello.

—Yo, también —repuso el policía con voz gélida.

—¿Arquímedes Cienfuegos? —ironicé.

—¿Quién si no? —consideró O'Blanca.

—Te equivocas.

—El jurado aún no se ha pronunciado. No le des por inocente. No seas tan presuntuoso.

—No lo soy. El lunes estará el veredicto. Entonces hablaremos.

—¿Y si no llegas al lunes? —preguntó sin poder ocultar su preocupación.

—Llegaré —aseguré, pensando en Gilberto Azabache.

Capítulo 64

Tras hacer una llamada, me dediqué a redactar mi esquela mortuoria, no fuera a terminar mis días varado en una cuneta de una carretera comarcal. Cuando terminé, firmé cada hoja, introduje el pliego en un sobre y se lo envié urgente a mi notario con el ruego de que solo se leyera a la par de la lectura de mi testamento. Cuando salí de la oficina postal, un tipo de metro y medio y con un ojo de cristal, trajeado como si fuera a una boda o a un funeral, me esperaba sentado sobre el capó de mi coche. El cabello canoso del hombrecillo, pegado al cráneo, parecía estar fijado con cemento. Sus cortas piernas le colgaban como si fuese el muñeco de un ventrílocuo. Aunque el personaje inducía a la risa, yo, que le conocía, sabía que era mejor no reírse de él. Era Gilberto Azabache. Antiguo cliente. Nacido en Nicaragua. Había luchado contra la dictadura de Somoza. Aunque felizmente casado entonces, siempre fue un hombre celoso hasta el paroxismo. En su país secuestró al amante de su mujer y lo enterró vivo en un bosque. O eso creyó el infeliz. Cuando se dio cuenta de que había equivocado el objetivo y que el pobre hombre enterrado tan solo era un primo de su esposa, lejos de hacer penitencia, se cargó al verdadero amante de su esposa, que no era otro que el vecino de enfrente, un divorciado con ganas de enredar. Para evitar condenas, emigró de su país y apareció por aquí. Hace años fui su abogado de oficio cuando le acusaron de hurtar comida en un supermercado.

—Alcance un acuerdo con el fiscal, abogado; yo no sirvo para delitos pequeños. Solo quería comer —me dijo, a modo de disculpa.

Obedecí. Se le impuso una breve multa. Le presté el dinero y le tramité sus papeles. Dos meses después me lo devolvió y me invito a cenar y a tomar unas copas. Como en este país unas copas realmente significan seis copas, a la sexta consumición se sinceró y me contó el desventurado episodio de los amantes equivocados. Al final de su relato, lloró, no por la muerte de los dos fulanos, sino por haber dejado atrás a su esposa, a pesar de saberse engañado. Desde su separación jamás había estado con otra mujer, me confesó. Cuando le pregunté de dónde había sacado el dinero para devolverme el préstamo, me dijo que había encontrado trabajo de jardinero municipal. Desde entonces, nunca he dejado de preguntarme si bajo las plantas y los árboles de esta ciudad no habrá enterrado algún otro desdichado.

Azabache saltó del capó del coche a la acera con la ligereza de una pulga. Me sonrió y me estrechó la mano. Nos metimos en el coche.

—Necesito un guardaespaldas —le dije sin más.

El enano se partió de risa.

—¿A quién le puso los cachos que le quiere tan mal, abogado?

Le miré y suspiré.

—Ojalá fuera eso, Azabache.

El jardinero fiel vio el miedo reflejado en mi rostro y retranqueó la sonrisa.

—Está bien. Pediré unos días libres en el trabajo. Me los adeudan. No se preocupe —me dijo, mientras acariciaba un bulto con forma de revólver que se le marcaba debajo de la chaqueta—. Seré su sombra.

Aunque yo medía un metro ochenta y cinco, y Azabache me llegaba al ombligo, estaba convencido de que así sería.

Capítulo 65

A las nueve de la mañana del lunes, cuando me estaba anudando la corbata, sonó el teléfono. Completé con maestría acostumbrada la maniobra y contesté la llamada. Un funcionario de la secretaría del tribunal me informaba que el jurado ya tenía el veredicto. La cita, en una hora. Salí a la terraza, me encendí un cigarrillo para atenuar la ansiedad y miré hacia abajo. A pocos metros del portal, atisbé a Gilberto Azabache. Se encontraba en el asiento del conductor de un inmenso Mercedes blanco de antigüedad indescifrable. Me pregunté cómo llegaría a los pedales. Desde las alturas se le podía ver leyendo un libro, probablemente la *Biblia*, pues siempre iba con ella adonde fuese. Me terminé de vestir, concedí un premio en forma de galleta a Caifás por haberme acompañado una hora antes a trotar por el parque, llamé a un taxi, recogí el maletín y salí de casa. Cuando iba a salir del portal, me encontré a Gilberto Azabache en la misma puerta. Parecía ubicuo. Me congratulé. Mi vida iba en ello. Cuando se ofreció a llevarme, me opuse tajante a ir al tribunal en ese cachivache.

—Es usted un desagradecido —me retrató.

—Al contrario, Gilberto, velo por tus intereses. Con tu antigualla es más probable que acabemos en el desguace municipal. Y te recuerdo que me están esperando para la lectura del veredicto. Ya te acompañaré en otro viaje —traté de apaciguarle.

Las protestas de mi diminuto guardaespaldas fueron afortunadamente silenciadas con la aparición de un taxi que llegó en dos minutos y nos trasladó al tribunal.

Cuando entré en la sala, Nadia ya estaba allí. Nos saludamos brevemente, porque los miembros del jurado comenzaron a entrar. Instantes después, Arquímedes Cienfuegos, escoltado por dos agentes, accedía a la sala. A instancia del magistrado-presidente le quitaron los grilletes y se sentó junto a mí. Observé a los once miembros del jurado. Hablaban entre ellos animados y sonreían aliviados. Había terminado su cometido. Entre el público detecté a Mireya, sentada en el último banco. Me sonrió. Intenté devolverle la sonrisa, pero no pude. Mi intento se quedó en una mueca. Tenía el rostro petrificado de la tensión. Se leyó el veredicto. Hubo unanimidad. No culpable. Arquímedes, emocionado, me estrechó la mano. La aparté cuando comencé a sentir que se me cortaba el riego sanguíneo. El magistrado-presidente agradeció al jurado su dedicación y dictó en ese momento sentencia absolutoria. Arquímedes Cienfuegos quedaba en libertad.

Capítulo 66

Cuando la sala comenzó a vaciarse, el juez se acercó hasta nosotros.

—Al finalizar la práctica de las pruebas, estuve tentado de disolver el jurado —nos comentó, mirando sobre todo a Nadia—. Sin el cuerpo de ese pobre hombre, no había ninguna prueba de cargo en que fundar condena alguna. Ni contra el acusado, ni contra nadie.

—Cierto, señoría —coincidí.

—Aunque al fin y al cabo, tampoco ha estado de más que el juicio siguiera su curso hasta el final, pues el jurado llegó a esa misma conclusión en su veredicto.

—En cualquier caso, recurriré la sentencia, señoría —dijo Nadia.

—Lo entiendo. Buenos días. Y felices Navidades.

Le estrechamos la mano y el juez salió de la sala. Entonces Nadia me miró y me acarició el cabello.

—Dante...

—¿Qué?

Nadia iba a responder, pero se quedó pensativa unos segundos.

—Gracias por no olvidar —respondió al fin, enigmática, antes de marcharse.

Salí del tribunal. Los periodistas, tras el primer día de juicio, habían regresado. Intenté evadirme, pero me cercaron con sus cámaras y sus micrófonos. Sin escapatoria, les atendí pacientemente unos minutos. Mireya, a unos metros de distancia, sonreía ante el asedio padecido. Cuando quedé liberado, se acercó hasta mí y me propuso celebrarlo esa noche. Acepté, naturalmente.

Nos dimos un beso de despedida y fui a buscar mi coche, que ya parecía totalmente sanado de sus dolencias mecánicas. Arranqué mi apreciado automóvil, conecté el aparato de música y empujado por la música de James Brown me encaminé a la mansión de la viuda de Esneider. Tenía una cita pendiente.

Capítulo 67

Como ya me conocía la ruta, pude prescindir del GPS para alcanzar sin contratiempos la casa de la viuda cubana. El vigilante gordiflón se encontraba en la garita. Cuando vio mi coche, salió de la cueva comiéndose un bocadillo que le estaba chorreando de mayonesa la camisa. Me saludó afable, como si fuéramos viejos amigos. Probablemente, yo era la única persona que le daba conversación cuando pasaba por sus dominios.

—Escuché la noticia en la radio. Felicidades. Se ve que ha hecho usted un buen trabajo.

—Gracias.

—La viuda estará contenta —aventuró el gordo, mientras se relamía con aire libidinoso.

Ni siquiera los escarceos amorosos pueden encarcelarse en las mansiones de los ricos, consideré.

—Por cierto, con lo que le debe pagar la viuda, podría cambiar usted de coche, ¿no le parece? —me dijo, mirando con desdén mi viejo escarabajo.

—Amigo, algunos coches son como algunas mujeres. Gastan mucho y dan poco. Para qué cambiar de coche, si puedo cambiar de mujer —respondí plagiando la máxima de un viejo cliente que ya iba por su octavo matrimonio.

El simpático vigilante comenzó a reír como un enajenado y parte de su calorífico almuerzo, que salió despedido en rápidas ráfagas de sus fauces, fue a estrellarse como metralla en la puerta de mi coche recién lavado. Al ver el desaguisado, juré en hebreo, como se supone que hace todo el mundo cuando algo no le gusta, aunque, si he de ser sincero, jamás me encontré a nadie que hable una lengua tan muerta.

—Es usted genial, abogado —me dijo el gordinflas tras limpiarse la boca con la manga de la camisa.

—Sí, pero no lo difunda, por favor. Ya tengo demasiados amigos. Por cierto, el coche blanco que viene detrás es el de mi pasante. Déjelo pasar, haga el favor.

El vigilante, con los ojos llorosos aún de tanto reírse, no dio crédito cuando se percató de la pieza de museo rodante que venía detrás de mí y del conductor que lo guiaba. Atónito, y con la sonrisa congelada por la sorpresa, alzó la barrera y nos permitió el paso.

Aparqué frente a la puerta de la mansión. Como en las visitas anteriores, la doncella de los ojos rasgados me abrió la puerta.

—Su…, amigo, ¿no entra? —me preguntó apurada la doncella.

Me giré noventa grados. Gilberto Azabache había descendido del *Mercedes* e inspeccionaba con aire entendido los jardines que circunvalaban la mansión.

—No se preocupe por él, señorita. Tiene alergia a los interiores. Me esperará fuera.

La doncella no me entendió o, posiblemente, no quiso entenderme, e hizo de guía hasta dejarme situado en la biblioteca. Graciela Cienfuegos se encontraba en la estancia hablando por teléfono. Al verme en la puerta, me sonrió, me hizo una seña con la mano para que entrara y, tras unos minutos de charla, se despidió de su interlocutor y cortó la comunicación. Luego se aproximó hasta mí y me besó con fiereza. Me dejé hacer. No es bueno llevarle la contraria a quien te paga el sueldo.

—Lo lograste, Dante.

—Tu Virgen y un jurado inteligente me ayudaron.

Sonrió. Me cogió de la mano y me llevó hasta el sofá.

—¿Y ahora? —quiso saber.

—La fiscal probablemente recurrirá la sentencia, aunque yo no me preocuparía demasiado. Sin el cuerpo completo de Valdés, la condena de Arquímedes parece imposible.

—¿El caso está zanjado? —preguntó alborozada.

—Desde el punto de vista procesal, tal vez —repuse—. Pero…

—¿Qué, Dante? —un velo de preocupación apagó su mirada.

Introduje la mano en el bolsillo de mi chaqueta y saqué el pendiente de oro que había conseguido «Vicius».

—Creo que es tuyo.

Graciela lo miró sorprendida antes de cogerlo.

—Lo he buscado por todas partes. Fue uno de los primeros regalos que me hizo Jacobo. ¿Dónde lo encontraste?

—Se te cayó en la cafetería que está frente a la casa de Apuleyo Valdés. Mientras aguardabas con tu chófer albino a que tu hermano terminara de darle un par de recados.

El semblante de la cubana palideció. Se levantó del sofá, se acercó al mueble bar y se sirvió tres dedos de ron. No me ofreció. Tampoco pedí.

—¿Qué tú sabes, Dante?

—Que tu hermano no fue realmente a ver a Valdés para advertirle que dejara sus feos negocios, sino para exigirle una participación en ellos para vosotros. Las empresas que heredaste de tu marido parece que no pasan por su mejor momento. Cuando averiguaste la doble faceta de Valdés, primero te enojaste. Supongo que el recuerdo de tu esposo te empujaba a ello. Pero cuando tus asesores te explicaron la situación económica de las empresas, viste la luz y cambiaste el paso. Decidiste aliarte con Valdés. Mantener tu actual nivel de vida, Graciela, cuesta mucho. Y toda ayuda es bienvenida, pensaste, ¿no?

La viuda estaba dolida por mis palabras. La verdad duele tanto como la extracción de una muela sin anestesia.

—Tienes razón, Dante, para qué negarlo. Pero eso no prueba que mi hermano le matara —protestó, poniéndose a la defensiva.

—Yo no he dicho eso, porque sé que Arquímedes no le mató. Valdés os interesaba vivo, no muerto, porque sin él os quedabais sin vuestro trozo del pastel de chocolate. Pero sospecho que el porcentaje que le pediste no le entusiasmó demasiado y por eso tu hermano acudió ese día a su casa para convencerle. Y cuando viste la llamada perdida en tu teléfono, te asustaste y fuiste para allá con chófer incluido.

Graciela Cienfuegos me dio la espalda y se puso a mirar por uno de los ventanales.

—Y aunque fuera cierto lo que dices, entonces ¿quién mató a ese puerco de Valdés? —me preguntó sin volverse siquiera.

—Lo importante para ti es que no le mató tu hermano. Fin de la novela.

—Entonces, si eso es todo, Dante, me gustaría que ahora te marcharas. No me encuentro muy bien. En cuanto a tus honorarios, te enviaré un cheque por lo que resta. Feliz Navidad, abogado.

Pero yo no respondí, porque ya me había marchado. Echaría de menos aquella inigualable colección de libros.

Capítulo 68

El rostro de O'Blanca se congestionó cuando le encajé el rompecabezas. Sin abrir la boca, se tocó el costado con signos de dolor, como si le hubieran clavado una lanza. Estábamos los dos en el salón de mi casa.

—¿Ruano? —dijo sorprendido cuando terminé el relato.

Caifás merodeaba por los alrededores y Gilberto Azabache leía la Biblia en la cocina mientras cocinaba mondongo de res. Le dejé hacer. Si resultaba tóxico el producto, mi amiguito cuadrúpedo se comería el menú sin contemplaciones. De hecho, dada su voracidad, cabía la posibilidad de que también se almorzase a Azabache.

—Ruano —respondí tajante—. Corrupto hasta el tuétano. Era socio de Apuleyo Valdés. Cuando se enteró de que Ulises Santos viajaba hasta Medellín para seguir la pista de los negocios de Valdés, actuó y fue tras él. Y allí despacharon al periodista. Él, personalmente, no, claro. Allí el salario de un sicario cuesta menos que respirar. Como tenía pinchado el teléfono de Rebeca Spinoza, hizo seguirme en cuanto pisé Medellín. Y ordenó que me dieran un aviso o, quizá, que me sacaran también del arcén. Tuve suerte y esquivé la advertencia. Y cuando regresé, Rebeca estaba muerta. Ella jamás se hubiera quitado la vida. Era una periodista de raza, como Ulises Santos. Ya había mordido el hueso y no iba a soltarlo hasta hacerlo astillas.

—¿Y Valdés? —preguntó el policía con voz insegura.

—Cuando Santos averiguó sus negocios paralelos, informó de ello a Graciela Cienfuegos antes de ir a Medellín. Ella, al principio, no quiso creerlo, pero cuando constató la realidad de las cuentas y de los balances de sus empresas, le pidió que se marchara o acabaría por denunciarle, pero él se negó a marcharse de inmediato, porque necesitaba tiempo para desmantelar su chiringuito. Ruano, que tenía pinchado el teléfono de Valdés, se puso nervioso y empezó a seguirle. Por eso Cosette, quiero decir, Dafne, la camarera de la cafetería le vio en varias ocasiones pulular cerca de su casa. Y cuando Ruano vio aquella mañana salir al cubano de la casa de Valdés, pensó que la visita de Arquímedes tenía por objeto recordarle la advertencia proferida por su hermana, cuando en realidad la viuda había cambiado de opinión y decidido tomar parte en los negocios de Valdés. Y por eso Graciela Cienfuegos envió a su hermano a hablar con él, para exigirle la parte de la tarta que le correspondía. Ruano, que desconocía el cambio de planes de la viuda, se precipitó y entró en escena a destiempo. En cuanto Arquímedes se fue a recoger su coche, se metió en la casa de Valdés y, nada más verle, le alojó tres balas en el pecho. Ya no podía fiarse de Valdés. Si éste resultaba detenido, quizá le implicara también a él. Y Arquímedes, sin saberlo, le había facilitado en bandeja un sospechoso de su asesinato, él mismo. Pero Ruano no esperaba que el cubano regresara a la casa de Valdés y, menos aún, que lo descuartizara.

—Dante, sabes que lo que dices no puedes probarlo —me indicó O'Blanca.

—Es cierto, no puedo probarlo; nadie puede probarlo, porque el cuerpo de Valdés no ha aparecido y no creo que ya vaya a aparecer jamás para que podamos ver los agujeros de bala en su pecho. Pero me creo la versión de Arquímedes. Cuando Ruano terminó la faena y se fue de la casa de Valdés, apareció el cubano y se encontró tieso a Valdés. Y Arquímedes, cagado de miedo, le descuartizó para que no le echaran el muerto.

O'Blanca encadenaba un cigarrillo con otro. Y yo igual. En pocos minutos sería necesaria una careta antigás para seguir la conversación.

—¿Y Mendoza qué tiene que ver con todo esto? —preguntó O'Blanca.

—Cuando leí los archivos de Ulises, le encargué que os investigara a ti y a Ruano. No me fiaba. Y menos cuando os vi juntos el otro día. Le pedí que tuviera cuidado. Pero no lo tuvo. Ruano lo ejecutó en aquel callejón. Estoy seguro.

—¿Y qué tengo que ver yo con todo esto? —gritó O'Blanca, apretando los puños.

Al escuchar el elevado tono de voz del policía, Gilberto Azabache apareció en el salón con la sutileza de un fantasma. Estaba ridículo en su función de guardaespaldas, porque llevaba puesto mi delantal que le llegaba hasta los pies. Pero la ridiculez de mi protector concluía cuando uno se apercibía que debajo del delantal se le marcaba su convincente revólver. Le hice una seña y se fue por donde vino. Y Caifás se fue detrás de Azabache por si le caía algo de comer en la cocina.

Aprovechando la interrupción, serví dos whiskys. Los dos eran para O'Blanca. Los iba a necesitar. Yo me serví una soda. Tenía la boca seca.

—Ruano pagó la operación de tu hijo. Tengo las trasferencias —le expliqué, entregándole el dossier que me legó Mendoza.

O'Blanca palideció. Después balbuceó. Por fin, se explicó:

—Me lo prestó. Me dijo que era de la herencia de sus padres. Dante, yo no sabía…

O'Blanca se derrumbó. Pero yo le creí. Era un policía honesto.

Ahora fui yo el que me puse una copa. Me la bebí de un trago. Luego abracé a mi amigo y tuve envidia de él. Al fin y al cabo, su hijo estaba vivo. Aunque fuera a costa de un asesino. Mi hija, sin embargo, estaba muerta.

Capítulo 69

Al día siguiente llegué temprano al despacho. Como era el último día del año, concedí permiso a Eva. Ella y «Vicius» iban a tratar de arreglar sus discrepancias. Me alegré por ellos. Aquí y ahora estorbaban. Me senté en mi sillón giratorio y revisé deprimido el trabajo que se me avecinaba tras haber estado secuestrado tanto tiempo por el asunto Cienfuegos. La puerta de entrada se abrió. No la había cerrado, porque Gilberto Azabache me dijo que subiría enseguida con el café que le encargué. Pero me bastaron cinco segundos para constatar que el recién llegado no era mi amigo el pequeñín. Era el inspector Ruano. Y no venía con ningún café para mí, sino con una pistola con la que me apuntaba gentilmente.

—Se le olvidó el café, amigo —bromeé, aunque estaba muerto de miedo, y cuando estoy muerto de miedo me da por hacer chistes malos.

—Oliver, es usted demasiado gracioso, teniendo en cuenta que en unos minutos estará muerto.

—Bueno, Ruano, si le da una prórroga a mi vida, a lo mejor dejo de hacerme el gracioso y rezo un padrenuestro. Pero antes de ello, ¿qué puedo hacer por usted, inspector? ¿Acaso quiere que le defienda?

—¿Y por qué habría de hacerlo? —me dijo el policía sin quitarme ojo, tomando asiento frente a mí.

—Porque necesitará un buen abogado. Si no me he descontado, lleva usted anotados cuatro muertos en los últimos meses, a saber: Ulises Santos, Rebeca Spinoza, Apuleyo Valdés y Rómulo Mendoza.

—¿Y puede saberse quién, aparte de usted, sabe tanto de mí?

Me encendí un cigarrillo, mientras me acordaba de todo el árbol genealógico de mi ausente guardaespaldas. Seguro que estaba leyendo el periódico en el bar de abajo. Al enano le encantaba leer las esquelas. Si se demoraba mucho, pronto leería también la mía.

—Su compañero O'Blanca, entre otros —le respondí.

Ruano palideció, pero apretó con más fuerza el arma.

—Eso puede arreglarse.

—¿También le va a dar un boleto al paraíso? Oiga, si por cada muerto se llevará usted comisión, sería multimillonario.

—Cállese, Oliver. No me joda. Estoy harto de sus gracias. Y ahora entrégueme toda la información que le dio el mequetrefe de Mendoza.

—No sé a qué se refiere.

—No se haga el idiota conmigo, Oliver. Sé que trabajaba para usted y que le encargó mi biografía.

Tragué saliva. Se me estaban acabando los chistes.

—Dígame, Ruano, ¿qué gano con darle el dossier que me dio Mendoza? ¿Me va a perdonar a cambio la vida?

—Obviamente, no. Pero si me la entrega, quizá evite usted alguna otra muerte.

Me removí incómodo en el asiento. El sujeto era capaz de acabar con toda la humanidad con tal de salvar el culo.

—¿A qué se refiere? —pregunté temeroso.

—Me refiero a Nadia Allende.

Sentí vértigo. Las gotas de sudor me resbalaban por la columna vertebral como un aguacero radiactivo.

—Maldito hijo de perra. ¿Qué tiene que ver ella con todo esto?

—Dígamelo usted. El otro día les vi comer juntos. Y ella es fiscal. Y usted abogado. Y yo un policía muy suspicaz. ¿Me entiende ahora?

—Ella no sabe nada —protesté.

—Si es así, mejor para ella. Quizá salve entonces su precioso cuello. Y ahora, Oliver, entrégueme mi dossier, haga el favor. Es la última vez que se lo digo.

Saqué una pequeña llave del bolsillo de mi chaqueta y abrí un cajón del escritorio.

—Tenga. Y olvídese de Nadia. Ésta es la única copia que hay.

—Lo sé. Me lo dijo Mendoza antes de rajarle el cuello.

Ruano cogió la carpeta y hojeó la información que había obtenido Mendoza. Sonrió satisfecho. Luego se levantó.

—Y ahora, Oliver, he de marcharme. Lamento tener que eliminarle. Ha sido usted un digno adversario. Incluso empezaba a caerme bien. Pero ya sabe, los negocios son los negocios. Si no fuera usted tan recto, le propondría aliarse conmigo. Un buen picapleitos siempre es necesario en esta jodida vida.

—Cierto. Y espero que en la otra vida también, porque es lo único que ser hacer —respondí sincero.

Ruano me apuntó a la cabeza. Cerré los ojos. Se acabó la función. Hubiera preferido una muerte más romántica, tal vez como la de Aleksandr Pushkin, consideré resignado, pero en esta vida la forma de morirse no siempre puede elegirse. Sonó una detonación y me derrumbé en el sillón. Después sonó otro disparo, acompañado de un ruido sordo.

Transcurrieron unos segundos. El silencio era inquietante. Debo estar ya en el cielo y no me enteré del viaje. Si la gente supiera que es así de fácil, muchos se morirían antes de tiempo, filosofé.

—Dante, ya puedes abrir los ojos —me ordenó una voz conocida—. No seas hipocondríaco —me recriminó la misma voz.

Al escuchar mi nombre, abrí los ojos. Pero no estaba en el cielo. Ni en el infierno. Seguía en la tierra. Y estaba vivo.

O'Blanca se encontraba en mi despacho. En su mano derecha, portaba su arma reglamentaria. Ruano estaba tirado en el suelo, con dos agujeros en la espalda de los que manaban unos surcos de sangre que se deslizaban como los meandros de un río. La estancia olía a pólvora.

En ese momento se escucharon unos pasos por el pasillo. O'Blanca, que se había arrodillado junto al cuerpo de Ruano para constatar si seguía con vida o, más bien para constatar su muerte, se incorporó y fue hasta la ventana, mientras me hacía una señal de silencio con el dedo.

—Jefe, aquí tiene su café —anunció despreocupado Gilberto Azabache, haciendo acto de presencia. Cuando vio el cuerpo tiroteado sobre mi alfombra persa, se persignó dos veces y a continuación nos miró perplejos—. Joder, ¿pero qué cojones ha pasado aquí? —preguntó, mientras sacaba a destiempo su arma.

—Tranquilo, Azabache, ya pasó todo —tranquilicé.

—Y guarde su juguete, amigo, no se le vaya a escapar una bala sin querer —ordenó autoritario el inspector O'Blanca—. Si no fuera porque está usted cuidando, bueno..., es un decir, de mi mejor amigo, lo empaquetaba ahora mismo a su país por tenencia ilícita de armas.

El nicaragüense dudó unos segundos, luego me consultó con la mirada y, ante mi asentimiento, obedeció y escamoteó su pistola en la chaqueta.

—¿Está usted bien, jefe? —preguntó al fin.

—Supongo que sí —respondí, auscultándome el pecho con mano imprecisa.

—Tenga. Le hará bien —diagnosticó Azabache, entregándome el café.

Agarré con pulso tembloroso la taza. Probé el café y meneé la cabeza.

—Azabache.

—¿Qué, jefe? —me preguntó con la voz asustada.

—Estás despedido. Se te olvidó el chorrito de coñac —le reprendí con una sonrisa.

CAPÍTULO 70

Aunque el café no venía condimentando a mi gusto, me lo bebí como si fuera agua bendita. Después le entregué a O'Blanca la diminuta grabadora que había accionado en cuanto Ruano asomó su jeta de asesino por la puerta. El inspector tomó la grabadora, rebobinó la cinta y pulsó el *play*. Los tres escuchamos en silencio la pedantería asesina de quien ahora yacía sin vida en mi despacho. Después O'Blanca llamó a su equipo para que procedieran a la inspección ocular y avisó al juzgado de guardia para informar que había que levantar un fiambre de mi alfombra. Calculé horrorizado la previsible factura de la tintorería.

—Dante, deberías dejar la abogacía y venirte conmigo —me propuso por segunda vez en poco tiempo—. Me serías muy útil en los interrogatorios. Eres tan toca huevos, que harías cantar a un mudo —reconoció satisfecho el inspector.

Me reí de buena gana. Quien no lo haría cuando acabas de ver a la muerte rondando tan de cerca.

—Lo siento, O'Blanca, pero antes me hago jardinero —aseguré mirando a Gilberto Azabache, que me sonrió con complicidad—. Es una vida mucho más apacible. Solo las espinas de las rosas le hieren a uno.

—Jodido poeta —rezongó el inspector sin mirarme, porque estaba observando desde la ventana la llegada de sus compañeros.

Un par de horas después, policías y séquito judicial abandonaron por fin la escena del crimen. Azabache aprovechó su estampida para subir unas cervezas. Las necesitábamos.

—O'Blanca —dije con una malévola sonrisa en mi rostro, después de beber un generoso trago de mi cerveza y darle tres caladas a mi cigarrillo.

—¿Qué coño quieres ahora? —preguntó al ver mi sonrisita.

—Me debes las comidas de los próximos dos años —le recordé, mostrando la servilleta de papel que documentaba la apuesta sobre el desenlace procesal de Arquímedes Cienfuegos.

El inspector bufó como un bisonte. Después sacó su arma reglamentaria y me apuntó a la cabeza. Me resigné. No era mi día.

—Dame el jodido papel —ordenó.

Obedecí. La Autoridad es la Autoridad. Le ofrecí la servilleta. O'Blanca la cogió de un zarpazo y se sonó prolongadamente la nariz con ella. Luego hizo un pelotilla con nuestro contrato y lo arrojó a la papelera con la destreza de un jugador de la *NBA*.

—Ya sabes que soy mal perdedor —aseguró el inspector con una sonrisa tan simpática como la boca de un lobo hambriento.

—No lo jure, inspector —intervino en mi defensa Gilberto Azabache, aunque su labor ya había concluido.

O'Blanca le dirigió una mirada tan gélida como un iglú. Mi guardaespaldas se encontraba sentado, con las piernas colgadas del abismo, en el mismo sofá que hacía un año ocupara el bonito culo de la viuda de Esneider. Todas las comparaciones resultan odiosas, que duda cabe, medité en silencio. Para evitar deshonrosos destierros, el nicaragüense optó por hacer mutis por el foro tras despedirse de mí.

—Adiós, jefe, si me necesita de nuevo, llámeme —se ofreció Azabache, saltando al suelo sin paracaídas.

—Gracias, Gilberto. Aunque por mi seguridad, espero que la próxima vez que te llame sea para cambiarme las plantas de mi terraza —bromeé, estrechándole la mano.

—Yo también me voy. Me esperan en casa. Te debo una, Dante —dijo refiriéndose a mi silencio sobre el dinero percibido de Ruano para la operación de su hijo.

—Más te debo yo, que me salvaste la vida —respondí.

Nos concedimos un efusivo abrazo. Después llamé a un equipo de limpiezas urgentes para que asearan mi despacho. Cuando concluyeron su labor empezaba a anochecer. Encendí el flexo y consulté mi reloj. Faltaban cuatro horas para estrenar un nuevo año y si me descuido me quedo a unos pocos pasos de la meta. Dos intentos de asesinato en pocos meses era una estadística bien jodida. Nunca sospeché que ser abogado diera tanto de sí.

Capítulo 71

Me terminé la cerveza y llamé a Mireya.

—Hola, Dante —me saludó con su voz cálida.

—Hola, cielo, ¿cómo estás?

—Deseando verte.

—En ese caso, si nadie más tiene la ocurrencia de matarme hoy, pasaré a buscarte a las diez en punto para ir a cenar.

—¿Qué quieres decir? —preguntó alarmada Mireya.

—Después te cuento. Comienza a arreglarte. Yo tengo que hacer algo importante antes de pasar por mi casa e ir a buscarte.

—¿Pero estás bien?

—Sí, no te preocupes. Ponte guapa. Después de cenar y comernos las uvas iremos a tomar una copa. Nos la hemos ganado.

—Está bien. Te espero.

—Por cierto, ¿te apetecería pasar unos días en Bora-Bora? —le propuse a bocajarro, mientras hojeaba en un catálogo las paradisíacas playas de los mares del sur.

Al otro lado de la línea se escuchó un alarido de sorpresa.

—Pues claro, cariño.

—Muy bien. Saldremos el dos o el tres de enero.

—¿Dante?

—Dime.

—Creo que me he enamorado de ti.

No me dio a tiempo a responder. Mireya ya había cortado la comunicación. Me encendí un cigarrillo. Entre los escombros de un terremoto siempre hay vida, medité. Después de fumarme el pitillo busqué las notas que Rómulo Mendoza me entregó sobre Lázaro Gaviria. Las guardé en mi maletín y salí del despacho.

Antes de irme de vacaciones se las haría llegar a O'Blanca para que concluyera la investigación y procediera a su detención. A mí no me quedaban fuerzas para continuar. Necesitaba descansar y volver a vivir. Regresaría para testificar.

Salí del despacho y me subí al coche. Las luces navideñas iluminaban la ciudad. Cuando llegué al cementerio, los vigilantes comenzaban a desahuciar a los últimos visitantes. Un generoso soborno, y uno de los vigilantes, un tipo encorvado y que debía estar rozando la jubilación, me permitió el acceso. Otra amable dádiva, y el atento vigilante se ofreció acompañarme por aquel laberinto mortuorio con la dedicación de un guía de museo.

—No se demore o se tomará las uvas con los muertos —me advirtió con una mueca terrorífica el vigilante cuando alcanzamos la tumba de Rebeca Spinoza.

El chepudo vigilante, respetuoso y, esta vez, sin necesidad de propina, se alejó unos veinte metros.

—Descansa en paz, cielo. Yo cuidaré de *Caifás* —acerté a decir, dejando una foto de nuestro amiguito entre las flores que adornaban su tumba.

CAPÍTULO 72

Un agente de policía subió a la detenida de los calabozos, la hizo pasar al despacho del inspector O'Blanca y, tras consultar con éste, abandonó la estancia.

—Os dejo solos el tiempo que necesitéis —dijo O'Blanca antes de salir de su despacho.

Nadia estaba pálida. Nos abrazamos.

—Dante, yo no maté a ese hombre.

—¿Por qué te han detenido entonces?

—¿Recuerdas que el viernes, cuando terminó el juicio de Arquímedes Cienfuegos, nos fuimos a comer?

—Sí. ¿Y?

—Recibiste una llamada.

Asentí, recordando la llamada del detective Rómulo Mendoza.

—Anotaste en una cuartilla una dirección con tanta saña, que se quedó grabada en el periódico que usaste como apoyo. Cuando te despediste de mí, vi reflejado en tus ojos que al fin le habías encontrado. Entonces hice mis averiguaciones y esta madrugada fui a su casa.

—Pero, Nadia, ¿cómo se te ocurrió? ¿Qué pretendías?

Nadia me miró con odio en los ojos.

—No lo sé. Dante. Había bebido y me sentía vacía. ¿Acaso Beatriz no era hija tuya también?

—Claro que era mi hija —protesté.

—Lo único que pensaba cuando me dirigía a su casa era matarle. Sin embargo..., no lo hice.

Aliviado, dejé escapar el aire de mis pulmones con tanta fuerza, que podía haber llenado un globo aerostático.

—Pero Gaviria está muerto —constaté un hecho obvio.

—Dante, te repito que yo no le maté. Cuando llegué al edificio, ya me había calmado, así que busqué al conserje para que me abriera, pero solo encontré a un vigilante de seguridad. Me identifiqué como fiscal y le pregunté si estaba en casa Lázaro Gaviria. Me dijo que sí. Entonces subí a su apartamento. Quería hablar a solas con él antes de llamar a la policía. Necesitaba ver de cerca la cara del malnacido que mató a nuestra hija antes de que fuera detenido.

En ese momento, Nadia rompió a llorar. La abracé de nuevo. Busqué un pañuelo y se lo di. Tras unos minutos, se recompuso.

—Continúa, por favor.

—Subí hasta la última planta. El único piso que hay en ella es el de Gaviria. Caminé nerviosa por el largo pasillo. Al fondo, la puerta parecía cerrada, pero cuando me aproximé comprobé que tenía astillado el marco. La empujé y vi que la cadena de seguridad estaba rota. Entré. Y allí estaba ese individuo, con el cráneo destrozado y, junto a él, un martillo con sus sesos pegados. Y yo, como una autómata o, más bien, como una imbécil, lo recogí. Entonces escuché un jadeo a mi espalda. Me di la vuelta. Era el vigilante de seguridad, muerto de miedo, observándome. Le pedí que llamara a la policía. Y aquí estoy.

—Joder, Nadia, ¿le mataste, si o no? Dime la puta verdad.

—Te he dicho que no. Pero sabes lo mejor de todo, Dante, que me hubiera gustado hacerlo —reconoció con la mirada llena de odio.

Me encendí un cigarrillo.

—Si tú no les has matado, ¿quién lo ha hecho?

Nadia me quitó el cigarrillo, fumó con avidez y luego me respondió con serenidad:

—Fuiste tú, Dante, ¿quién si no?

Miré a Nadia, pero no contesté. Sentía que la cabeza me iba a explotar.

—¿Acaso no dices siempre que el mejor cómplice del asesino es su silencio? —me preguntó sarcástica.

—Nadia…

—Dante, no te preocupes. Yo asumiré tu culpa. Será nuestro secreto —me dijo con ternura, como si se dirigiera a un niño.

Miré por la ventana. Empezaba a nevar. Mis vacaciones a Bora-Bora tendrían que esperar. Me senté en el sillón de O'Blanca, abrí un cajón de su escritorio y saqué la botella de whisky que el inspector siempre alojaba allí. Quité el tapón y le di un largo trago hasta que noté que se me incendiaban las entrañas. Luego miré a Nadia, y la saqué de su error:

—Yo tampoco fui.

Epílogo

Desde la hamaca de la cabaña situada sobre el mar turquesa podía ver a Mireya nadando como un delfín. El viaje a Bora-Bora, aplazado por la detención de Nadia, fue felizmente ejecutado unos días después, cuando fueron sobreseídos los cargos contra ella. Aunque las cámaras de seguridad del edificio donde residía Lázaro Gaviria captaron con nitidez a Nadia entrar y dialogar con el vigilante la madrugada del día uno de enero, la autopsia de Gaviria la eximió de responsabilidad, ya que determinó que la muerte se había producido al menos setenta y dos horas antes, pero nadie se apercibió de ello porque quien le mató había dejado la terraza y las ventanas de la casa abiertas, por lo que el intenso frió de diciembre embalsamó el cuerpo de Gaviria, evitando su rápida descomposición y que el olor de la muerte avisara a los vecinos. Y como su asistenta se había marchado de vacaciones y a él le habían dado permiso navideño en el trabajo, nadie le echó en falta durante esos días. O'Blanca estudió entonces las grabaciones de las personas que habían entrado en el edificio los tres días anteriores al hallazgo del cadáver. Al día siguiente de poner en libertad a Nadia, me telefoneó. Había encontrado al principal sospechoso. Con el pulso acelerado me acerqué hasta su despacho y visioné la grabación que me mostró. Me quedé como un muñeco de cera al ver al sospechoso en la pantalla. No era otro que el detective Rómulo Mendoza. Se le veía entrar en el edificio la misma tarde de nuestra última reunión, tan solo minutos después de que yo me marchara para entrevistarme con Katia, la chica ucraniana. Aunque O'Blanca ya tenía al posible autor, le faltaba el móvil del crimen, así que decidimos hacer una visita a la viuda de Mendoza. Entre sus papeles póstumos hallamos una carta. Yo era su destinatario, pero su muerte le impidió enviármela. A la vista de sus palabras, fue exhumado el cadáver del detective y se cotejaron sus huellas dactilares con las que se encontraron en el martillo junto a las de Nadia. El resultado fue positivo. Según narraba Mendoza en la carta, cuando por fin dio con la pista de Gaviria, apenas le quedaban cuatro meses de vida. Los médicos le habían diagnosticado un tumor maligno en el hígado. Como no tenía nada que perder, decidió hacerme un último servicio, aunque aclaraba que yo nunca se lo pedí. De hecho, de haberlo sabido, me hubiera negado. Incluso un gusano como Gaviria hubiera merecido una adecuada defensa. Según contaba el detective, después de despedirnos aquella tarde, aguardó paciente en su coche a que yo me marchara. Entonces subió decidido hasta el apartamento de Gaviria y le fracturó el cráneo a martillazos. Considéralo un favor, Dante, sé que mi conducta no te devolverá a tu hija, pero te hará la vida más feliz, concluía la misiva. Cuando Rómulo Mendoza terminó de escribir su confesión, le dijo a su esposa que se iba a dar una vuelta. El inspector Ruano, enterado de que Mendoza le estaba investigando, le esperaba apostado frente a su casa, para zanjar a su manera las pesquisas del detective. Le cercenó el cuello sin miramientos en un callejón cercano y allí le adelantó la muerte que la enfermedad todavía no le había reclamado.

Había leído mil veces aquella inesperada confesión, y ya era el momento de exorcizar fantasmas. Saqué un encendedor, me encendí un cigarrillo y luego quemé la copia de la carta que acababa de leer una vez más, sin dejar de pensar que Rómulo Mendoza no había acertado en su pronóstico. La muerte de Lázaro Gaviria no me hizo más feliz.

Esta primera edición de
El silencio del asesino, de Javier Aparicio Moliné,
terminó de imprimirse el quince de junio de dos mil quince
en los talleres de Safekat, S.L.
en Madrid.